孟繁华 主编

年百部篇正典

亲爱的深圳 吴君
哭麦 王松
豆汁记 叶广芩
子虚先生在乌有乡 东君

北方联合出版传媒(集团)股份有限公司
春风文艺出版社
·沈阳·

图书在版编目（CIP）数据

亲爱的深圳/吴君著.哭麦/王松著.豆汁记/叶广芩著.—沈阳：春风文艺出版社，2018.7（2022.1重印）
（百年百部中篇正典/孟繁华主编）
本书与"子虚先生在乌有乡"合订
ISBN 978-7-5313-5497-0

Ⅰ.①亲…②哭…③豆…Ⅱ.①吴…②王…③叶…Ⅲ.①中篇小说—小说集—中国—当代 Ⅳ.①I247.5

中国版本图书馆CIP数据核字（2018）第143446号

北方联合出版传媒（集团）股份有限公司
春风文艺出版社出版发行
http://www.chunfengwenyi.com
沈阳市和平区十一纬路25号 邮编：110003
北京一鑫印务有限责任公司印刷

选题策划：单瑛琪	责任编辑：姚宏越
封面设计：琥珀视觉	责任校对：于文慧
印制统筹：刘 成	幅面尺寸：145mm×210mm
字 数：169千字	印 张：7
版 次：2018年7月第1版	印 次：2022年1月第4次
书 号：ISBN 978-7-5313-5497-0	
定 价：34.00元	

版权专有 侵权必究 举报电话：024-23284391
如有质量问题，请拨打电话：024-23284384

百年中国文学的高端成就
——《百年百部中篇正典》序

孟繁华

从文体方面考察，百年来文学的高端成就是中篇小说。一方面这与百年文学传统有关。新文学的发轫，无论是1890年陈季同用法文创作的《黄衫客传奇》的发表，还是鲁迅1921年发表的《阿Q正传》，都是中篇小说，这是百年白话文学的一个传统。另一方面，进入新时期，在大型刊物推动下的中篇小说一直保持在一个相当高的水平上。因此，中篇小说是百年来中国文学最重要的文体。中篇小说创作积累了极为丰富的经验，它的容量和传达的社会与文学信息，使它具有极大的可读性；当社会转型、消费文化兴起之后，大型文学期刊顽强的文学坚持，使中篇小说生产与流播受到的冲击降低到最低限度。文体自身的优势和载体的相对稳定，以及作者、读者群体的相对稳定，都决定了中篇小说在消费主义时代能够获得绝处逢生的机缘。这也让中篇小说能够不追时尚、不赶风潮，以"守成"的文化姿态坚守最后的文学性成为可能。在这个意义上，中篇小说很像是一个当代文学的"活化石"。在这个前提下，中篇小说一直没有改变它文学性的基本性质。因此，百年来，中篇小说成为各种文学文体的中坚力量并塑造了自己纯粹的文学品质。中篇小说因此构成百年文学的奇特景观，使文学即便在惊慌失措的"文化乱世"中也取得了令人瞩目的艺术成就，这在百年中国的文化语境中不能不说是一个奇迹。作家在诚实地寻找文学性的同时，也没有影响他们对现实事务介入的诚恳和热情。无论如何，百年中篇小说代表了百年中国文学的高端水平，它所表达的不同阶段的理想、追求、焦虑、矛盾、彷徨和不确定性，都密切地联系着百年中国的社会生活和心理经验。于是，一个文体就这样和百年中国建立了如影随形的镜像关系。它的全部经验已经成为我们最重要的文学财富。

编选百年中篇小说选本，是我多年的一个愿望。我曾为此做了多年准备。这个选本2012年已经编好，其间辗转多家出版社，有的甚至申报了国家重点出版基金，但都未能实现。现在，春风文艺出版社接受并付诸出版，我的兴奋和感动可想而知。我要感谢单瑛琪社长和责任编辑姚宏越先生，与他们的合作是如此顺利和愉快。

入选的作品，在我看来无疑是百年中国最优秀的中篇小说。但"诗无达诂"，文学史家或选家一定有不同看法，这是非常正常的。感谢入选作家为中国文学付出的努力和带来的光荣。需要说明的是，由于版权和其他原因，部分重要或著名的中篇小说没有进入这个选本，这是非常遗憾的。可以弥补和自慰的是，这些作品在其他选本或该作家的文集中都可以读到。在做出说明的同时，我也理应向读者表达我的歉意。编选方面的各种问题和不足，也诚恳地希望听到批评指正。

是为序。

2017年10月20日于北京

目 录

亲爱的深圳……………………吴　君 / 001

哭　麦…………………………王　松 / 070

豆汁记…………………………叶广芩 / 122

子虚先生在乌有乡……………东　君 / 166

亲爱的深圳

吴 君

一

程小桂是李水库的一块心病。如果不是程小桂，李水库感觉自己不会连想也没想就撕开那封要命的家信，至少他会认真研究一下，然后再决定拆还是不拆。现在，李水库拿着这封信有点傻了，因为他用了太大力气撕开，使得信无法恢复，更不能正常地交给收信人了。

话还要从卖报纸说起。来收购报纸的家伙显然是一个有点钱的男人，样子和这个大楼里面的那些白领相似，脸上没有灰尘，一双手细腻、白净，衣服也穿得很是整齐。

当时已经是下班时间，清洁工都在一楼大厅里面，有些讨好地围在程小桂旁边。脚下是捆扎整齐的旧报纸。这个时候的几个女工都显得咋咋呼呼，甚至像是打了兴奋剂，和上班时的表现完全不一样，人变得超级不正常。上班的时候，她们只需拿着拖把或者抹布而不用说一句话,就像一个个只有眼珠会动的机器人。

似乎只有下了班,那些白领男女离开的时候,他们才变成活物,一个个都变得爱说爱笑,尤其是那些来了一段时间的保安,开起黄色玩笑不要命。当然李水库要除外,程小桂总是让他不要说太多话。她说,如果说太多对他和她都没好处。至于没了什么样的好处,程小桂没说。

程小桂正煞有介事地说话和使用手势,显然她是这帮人中的领导者。事实上也是如此,她是这帮人中最大的官——清洁班长。

此刻,她正像有仇一样黑冷着一张脸,横在收报纸的男人面前。一楼大厅的气氛被她搞得异常紧张。也许因为仗着身边人多,程小桂总是有点打群架的味道。一双耀眼的白手在胸前没有规则地上下左右舞动,这使她的动作显得过了火,像在舞台上表演话剧。

她说,买就这个价,不买就拉倒!深圳特别喜欢用这样的方式砍价,如果你会了,你不仅懂得这个城市,而且开始像个深圳人了。说完这一句,程小桂感觉自己有点那个意思了。

买就这个价,不买就拉倒!最后一句是江西口音,声音明显劈了,是程小桂旁边那个高个的女清洁工鹦鹉学舌,用还没有改良好的家乡话重复程小桂这句气话。明显看得出来,她用这个方式讨好正气势汹汹的程小桂。她一会儿让脸变成讨好,一会儿又变成气急败坏,好像谁真的惹了她。

对方从始至终都很平静,听完程小桂几个人的咋呼之后,对着程小桂问,你是不是也是这个意思?

当然!虽然只有两个字,可是程小桂觉得这句话很像城里人了。其实她正欣赏着自己的一招一式，她很是得意自己今晚的表现。

想不到，对方竟然想也没想就说，好吧，就按你们说的，我没意见。

这种态度程小桂没有料到，这使她的一张圆脸变灰了，又白了，最后拉成一张狭窄的马脸。她有点想搭救自己，张了两次嘴却没有挤出半句话，脸也被逼得肿起来，似乎恢复了在乡下的样子，一对白手指在众人面前交叠，放开，最后重又交叠，来回几次之后，她明显有了些疲倦，额头很快浮出了一些疲劳的皱纹，就连眼角上的一颗黑痣也比平时都要显眼。可是尽管这个样子，仍然没有一个人来管她一下，她甚至有些恨刚才还咋咋呼呼的几个女工，她们如果不是那样巴结着她，帮着她，她嘴里也不会冒出那样的话。

几个女工显然也没料到会是这个局面，都想着至少要砍杀几个回合才能成交，她们和程小桂一样，还有一大堆话憋在嗓子里呢。此刻她们也不知道说什么好，有的人看地面，有的人故意让眼睛随着大门外行驶的车辆不断移动。

没有办法，程小桂只有硬着头皮说话了，她说，这报纸的质量特别好，应当有个好价钱。不信你可以比较一下。她这个样子，感觉有点像夸自己田里的白菜萝卜。显然这些话是没有任何准备的，这就使得最后的几句话分了岔、拐了弯、绕了远，有耳朵的人都能听出，程小桂此刻的声音正发软，像是醉了酒，说话也开始语无伦次，甚至露出了她一口难听的乡音。

就好像很清楚程小桂的心思，报贩子除了微笑，什么也没说。

直到数钱的时候，程小桂突然从半空中放出一句，零钱不要了！

差不多所有的人都吓了一跳，包括程小桂自己。

只有那个男人安静地微笑。当着几个人的面，程小桂又被他这样的笑映成一个猪肝色，手指也开始发抖了。显然，她知道自己今晚出了洋相。

这一幕最后是怎么演绎的暂且不说，关键是被正在下楼的保安李水库看了一个完整。作为程小桂的丈夫——李水库的肺快要被气炸了，什么身体不舒服、工作太忙、累，看起来全是撒谎，通通都是借口。随便哪一种理由，都会把李水库搡到南墙去，让李水库总是痛恨自己不争气的身体。可是想不到，他那么多天忍饥挨饿，不能碰一下她的身体，她却在这里对着一个收垃圾的野男人卖弄风骚，而且手法竟与当年追求他的时候有些相似。

什么收垃圾？人家是民营企业家！有一次，李水库这样称呼那种职业的时候，程小桂马上予以纠正。

追你怎么啦，不行吗，至少我成功了。这是程小桂的话。当时李水库一边骂程小桂骚，一边喜欢得不行。当年李水库就是喜欢程小桂身上的那种说不出来的劲头。

这个样子，不是老母猪发情又是什么？要是在老家，李水库准要冲上去给那个男人一个大耳光，然后再回过头臭骂一顿程小桂。可是在深圳这样一个特殊的地方，除了在心里狠狠地推自己一个跟跄之外，他又能做什么呢？

心里像是被人浇了开水。他把手捂在自己胃和肚子之间，脸上挂着吓人的表情，拖着灌了铅的一双腿，从楼梯返回保安室。

对待眼下的一切，他有什么办法呢，当然这并不算是一个明确的绿帽子，却是一记闷拳。难道需要动手吗，此刻他就是感到英雄无用武之地，虽然他曾经跟程小桂显耀过自己懂武术。

也就是说，如果不是程小桂，李水库认为自己绝对不会那么冲动，连想也没想，就撕开那封要命的家信，至少他会好好看一下，然后再做决定。

二

程小桂是李水库的一块心病。他是在父母的一次次要求甚至是威胁之下，才到深圳接程小桂回去生孩子的，毕竟他已经二十六岁了。这块心病使得他对深圳这个漂亮的城市也打了折扣。不然的话，他这颗年轻的心，该多么喜欢这里啊！也就是说程小桂毁坏了他的好心情。

到了深圳的程小桂，整个人发生了很大变化，再也不是过去那个身体又矮又肥的程小桂。现在的程小桂显得比过去高了一些，头发黑亮，人变白了，也许是总戴着一副白手套的原因，她的手指显得细长，说话也日渐条理化，很难再看出乡下人的样子。至少李水库是这么认为的，这是他到城里来的第一个感受，这种感受让他心里没着没落。

更重要的是她还学会了拒绝，拒绝他这个做丈夫的正常的生理需求。拒绝之后，他觉得身体的重要部位被封住了，像被人捂住了嘴，一句话也说不出来，只能四肢乱踢蹬。

唉，我的孩子啊，都被你程小桂耽误了。这是李水库心里面的话。本来他想偷偷让程小桂怀上，要是这样，程小桂不回也得回了，一个女人拖着一个大肚子，哪个单位还会要她呢。

可是他一直不能得逞，程小桂从来就不给他这样的机会。

深圳尽管很漂亮，却让他无所适从，总是找不到感觉。比如说李水库每天抬头总是找不到太阳的方向。要是在老家，他一抬头就可以对着太阳，对着太阳他就知道自己在哪儿，无论在地头，还是在山上。比如说太阳悬到正头顶，他一定是刚吃饱了午饭，安心地种水稻呢，如果太阳斜到了河里，那个时候就是要收工了，他的肚子开始叫唤，一双脚则向烟囱的方向移动了。这样的生活他一直认为非常幸福，直到程小桂离开家到深圳打工为止。

去深圳找程小桂，李水库心里是没底的。

没有人知道，为了去见程小桂，李水库背着家里人先去过一趟离自己家不算太远的少林寺。身上揣着在镇里烧砖赚来的钱，在寺院外面一家培训中心，学了一个星期的武术。本来想在程小桂面前显摆一下，免得又让程小桂看不起。李水库连初中都没念完，程小桂却是一个高中毕业生，还是在县重点一中读的。

他只跟程小桂提过一次自己的这件事，当即就遭到了嘲笑。当然嘲笑还不是最严重的，程小桂看都没看这个证件一眼，就说他愚蠢到家，根本没长大脑，学来的东西，全是没有什么用处的花架子，只合适给一些根本不懂武术的外国人表演，或者只能摆出几个姿势给人拍照，类似于宝安公园老人们每天练习的几个动作。

李水库气得一句话也说不出来，当然主要还是生自己的气，要知道那几个花架子可是花去了他不少钱。这样一来，他也不想跟程小桂提起，在家里自己已经补习完了高中课的事，在心里他不想输给老婆。要不是这么快出来，他应该拿到毕业证了。

三

歪歪扭扭的字体和一些让人看了感到亲切的地名，说明了这是一封家信。家信应该更有意思，通篇说的都是大实话，不像城里人的那些公开信，什么亲爱的顾客，亲爱的同事们，这是什么呀，词是用在这些地方的吗？把这种最最严重的词都用上之后，他就感觉人的关系开始越来越远了。

要是平时，一看到这样的信封，即使不看内容，李水库也会感到亲切，有如坐在老家玉米地吹着微风的感觉。这样的信，他会觉得在这个高楼里住的人，其实个个都是有感情的，而不再是机器人，也没有他想象的那样可怕，可能也包括他的老婆程小桂。什么金领白领，他不喜欢这样的叫法，这根本就不是对人的称呼，而是对衣服和机器的统称。

信是从河南平台县寄来的，撕开之后才知道是一封挂号信。

李水库蒙了。

一开始是问信的主人收到不久前寄来的麻雀吗，然后才是信的本意，这是一封向这个大楼里一个女人要钱的信，那个女人叫张曼丽，是这个楼里的一个部门经理。不过在这个大楼里，被人称为经理的人还是很多。如果不是这封信，李水库不会知道这个大楼还有一位和自己家这么近的老乡。看了信，李水库才知道张曼丽以前不是这个名字，而是一个比他还要土的名。信里说，张曼丽的父亲生病了，病得很重，家里实在没钱了，还说本来家里已经答应过她，为了不影响她的前途不想再联系，可是这一次是因为爹已经躺在医院里了。张曼丽的电话又换了好几次，工作也换来换去，家里总是联系不上，没办法，只好写信。她已经很久没有给家里寄钱，医院说再不交钱就要把人赶出去，如果赶出去的话，人离死也就没几天了。到现在家里欠了很多的外债，包括张曼丽上中专时家里欠的钱也还是前几年才还上。村里那些债主看见爹这个样子，怕还不了，都跑到医院门口来讨钱，尤其是那些债主知道张曼丽在深圳上班，就更加不放过爹。这样一来，医院很生气，已经动员爹快点出院。信里还说，这样做，实在是因为没有别的办法。信写得很短，好像每一句话都重复了两次，写信人笨拙和难过的神情跃然纸上。

信是用圆珠笔写的，只有半页纸。字不仅小，而且踉踉跄跄，好像是一个腿脚有毛病，随时要摔跤的枯瘦妇人。其实看了不到一半，李水库一双手就吓得冰凉。

他明白自己惹祸了，而且是一个大祸。

无法复原的信，摆在面前，就像他的心情。

用了太大的力气撕开，现在根本对不上去，一个上午他用各种办法试过都不能复原。在各种尝试的过程中，这信封已经在他粗糙的大手中出现了明显的皱褶、破损。显然，这样正面交给收信人的可能性几乎没有了。明白自己努力无济于事之后，他的身体软在一个破旧的沙发上，脑袋再也没有力气挺立，彻底斜瘫在左肩上方。此刻他再也不想动弹一下。

脑袋里白光一片，连地面也是这样。这刺眼的白光会让人眼睛出现肿胀，也曾使他找不到太阳的方向。此刻，他用肿胀的眼睛看了一下四周，发现每个人都好像在光影里。白光里的程小桂此刻正在宽敞的大厅里神气地走来走去，手指经过的地方，出现了弧线，很像飞机划过的天空。

真是倒霉！为什么碰到了这样的一封信呢，而且是程小桂合同快要结束的时候。之前一直都顺利，想不到，只是吃了一回醋，就摊上这样的一件事情。

一万元！李水库长这么大还没有见过这么多的钱呢，要这么多的钱一定是大病,信上说是救命钱。

下午三点多,李水库怀揣别人的家书,坐在大楼的保安室里,脸上映着从四面八方射来的白光,心里无比难受,他的生活里没有发生过比这再大的麻烦。

最痛苦的是他看见自己的老婆程小桂拿着一个拖把走来走去,他却不能对她说什么。不知是不是自己太敏感,李水库感觉程小桂还特意向李水库这边看了几眼,不过也都是装出漫不经心的样子。要是平时,李水库的心里一定又会发痒,身体又要膨胀。可是现在的李水库已没了那情绪。他来到了十七楼和十八楼之间,把身体靠在了墙壁上,这里没有光,可以让他安静一会儿。

他的眼睛对着窗外,窗外的工地上正在打地基。这让他想起自己久违的手艺——泥水工。当年县里修水库大堤,他和村里几个人一起去,结果只有他一个人受了表彰回来,村主任带着一帮人在村口敲锣打鼓迎接他,当时乐昏了头,他没经过父亲允许就把自己的名字改成了李水库,一家人也没有怪他。也就是那一年,程小桂主动对他好,并嫁给了他。

可是有谁知道,眼下他正为程小桂苦恼着呢。

四

本来就没想过要到深圳打工,他只是想把程小桂带回老家去,完成人生的第二件大事——生孩子,否则的话,结了婚等于没结。只是程小桂的合同期还有六个月,所以只能再等,更重要的是,程小桂想要看李水库的表现。李水库向程小桂保证过,以前的那些事情绝不允许再次发生。就是在这样的情况下,李水库来到了这个单位当上了保安。

当时坐了一天一夜的汽车,才来到了深圳的关外——宝安区。这也是刚刚改成区不久的一个地方,总的来说还有点过去县城的味道。比如说楼房高矮不一,摩天大厦下面很可能就是几间破旧的民房,市场显得混乱,卖衣服的和烧鹅店铺紧靠在一起,衣服里面都是猪肉和鸡屎鸭屎味儿。街道上有一些人穿着很新潮,有的则与他李水库一样土了吧唧,甚至还光着膀子。主要街道上有漂亮的汽车,更有一些晒得黑乎乎的摩托车拉客仔,不断地凑到行人眼前问,去哪里。

李水库从长途车上下来,就是被这种摩托车拦住并拐了几个大弯才把他带到这栋大楼门前的。把他放到地上的时候,李水库身体有很长的时间都没站稳。

两年没见到的程小桂,像换了一个人,当然,这与她穿了一双高跟鞋和一身让人不能亲近的银灰色职业装有很大的关系。两个人一见面,她先是用眼睛四下瞄了半天,然后像地下党在接头,感觉的确没人,才对着李水库露出陌生的微笑,然后大大方方,用标准普通话说了一句:你好!

李水库脑袋瞬间出现了空白,他快速低下头,让眼珠子死死地粘在鞋帮上。不然的话,他担心程小桂还会走上前和他来一个革命同志式的握手。这个讨厌的地方!他在心里骂着。即使这样的时刻,他也舍不得骂一句自己天天想念的老婆,毕竟自己错在先,程小桂的离开是因为李水库,当时李水库不应该听了父母的唠叨,就去骂程小桂。主要是父母看不上程小桂,程小桂一天到晚看书,有时还用一个小本子写一些什么情啊爱呀的肉麻诗歌,这是母亲翻程小桂抽屉时发现的,父母总是认为程小桂不是一个想好好过日子的女人。

又不是什么有钱人家的大小姐,一天到晚这个样子,我们可养不起!母亲说这个话的时候眼睛正盯着程小桂刚留了长指甲的手。

什么诗啊,那就是屎!李水库拉开抽屉,动手撕了程小桂的日记本。

程小桂脸上一直都很平静,一句话也没有说。想不到,第二天天还没亮,就离开了家。当时李水库还在睡觉,醒来的时候,还没缓过劲儿,他甚至半天都想不起程小桂离开的原因。

此刻,程小桂落落大方的眼神让李水库惊慌得眼睛无处躲藏,他在光天化日之下再次低下头,说了句让自己越发感到窝囊的话:你好!

你好你好!这是人话吗?这是一家人说的话吗?这是孩子娘对孩子爹说的话吗?这是要过日子的人说的话吗?李水库除了伤感,脑子还有一些混乱。直到缓过了劲儿,李水库还在心里骂道:你好个屁!而在当时,他只是一脸的傻笑,就像白痴那样。一定要忍住啊,是自己错了。先把老婆接回去再说尊严的事吧,他在心里对自己说。

想不到他们这个大楼是这个区最高的楼房,看来程小桂信里面没有吹牛。如果想要看到楼顶,一定要想很多办法才行,这是他来到深圳不到一个星期就发现的事情。每次他想去望那些大楼的楼顶,都会被大楼的白光弄得头昏脑涨。他一直想找一个形容词,描绘一下这里楼房的高度和漂亮程度,却总也找不到,尽管他脑子里也装了不少形容词。以前他听过一些回去的人谈起关于高楼的故事,当然也包括那些没领到工资不敢回家过年而跳楼的。可真见了这样的楼房他还是大大出乎意料。他曾经从不同的角度去看这个大楼,每次都感觉到楼的身后冒着寒光。

这个大楼住了很多家单位,这让李水库想起小时候看过的一部电影《七十二家房客》。李水库观察,这栋大楼进进出出多数是工厂里办理城市暂住证的打工仔和打工妹,另外的就是一些做生意的人和大热天还要西装领带打电脑的白领男女。

深圳比他想象的要热上一百倍,却好上一千倍。到处都是这样白光闪闪的高楼,到处都是让他无比羡慕的男人,到处都是让人心虚气短的女人。每次看见这些女人,都会让李水库脑子不再好用,她们说话和走路的样子让他浑身酥麻喘不过气。在李水库眼里这就是神仙住的地方,是他父母和兄弟姐妹累死也想不到的好地方。

李水库站在大楼大厅的中间,心里感到有些不真实,也不踏实。大厅右侧悬挂着一个巨大的屏幕,上面播放着深圳的风光和各种管理规定。中英街、世界之窗、欢乐谷,然后就是大梅沙。大梅沙的大浪扑过来,李水库本能地躲闪了一下,他闭上了眼睛。再后来就是著名的深南大道。这个大道在深圳里面,要去看,需要办一个边防证。街上灯火辉煌,让李水库的身体随着灯光飘了起来。从这个灯飞到另一个灯,他不能再看了,头脑感觉到了晕,心里乱成一片。也只是看了几眼,李水库的眼球似乎就被粘在了上面,整个人被吸在屏幕上,身体随着画面旋转,翻了十几个跟头,直到要把他胃里那点东西都折腾出来。

不知过了多久才明白自己落到了地面上,只是脚仍是站不稳。他蜷曲着身子,半蹲在地上。突然发现一双歪扭的皮鞋下面是冰一样透明的地面。上面映着一个站立不稳、松松垮垮的男人,再俯下身,看到的是李水库难看的衣服和一张灰土土的苦脸。

这样的地板很多次都让他险些摔倒。这是一种怪地板,站在上面让人发慌。感觉地板会晃动。越是这样,他就越是感觉很多人在看他的腿,看他迈出的每一步。在这样的注视下,他感觉腿和脚都不是自己的了。他的后脑上似乎长了一双眼睛,似乎专为了警惕着城里人。

电梯更是可怕,只一秒钟就让人没了根。人向上走,而心和胃突然间分开,心飞向了嗓子眼儿那里,胃则拼命坠落,最后粘住了大肠,身上的血也往下跑,挤在裤裆处,冷也从脚下涌上来。不知为什么,每次坐在上面,他连老家的模样也想不起来。想不起老家的时候他就会慌了手脚也慌了神。在一阵阵空调的冷风里他只是想吐,却又吐不出来。一般情况下,他都选择走楼梯,一步一个台阶,每一次脚落下都有说不出的舒服。当然这也是相对的,他最喜欢的还是家里那种崎岖的山路。

除非是太高,事情又紧急,他才别无选择地闭上眼去受罪。

你怎么了!是不是生病了,要不要我帮你啊。有人问他。电梯里,是一个温柔的女孩子声音。

李水库刚睁了一下眼睛又马上闭上,重新回到黑暗里。睁开的那一下,看见的是一团粉脸。

你知不知道地王在哪儿?深南大道在哪儿?还是那个女孩子的声音。你如果知道,可不可以告诉我,我特别想去一次。

李水库闭上了眼睛,脸也抽成了一团,还是不能说话,只好摇了一下头,手向声音的方向用力地摆了摆。不知过去了多长时间,终于可以睁开眼了,粉脸却早已经下去,消失在城市的白光里。

他住的这个地方在深圳的关外,和真正的特区还有一道铁丝网隔着,不过离深圳的飞机场很近。遗憾的是,李水库还从来没有真正地进特区内看过一次呢。更不要说著名的深南大道,那些伙伴从电视上知道了深圳,临行前曾经交代过他,一定要替他们看一次。

成了这座大楼里的人,李水库总感到是在梦里。几次梦里醒来,李水库都缓不过劲儿。如果不是程小桂这种态度,李水库本来应该特别兴奋,这一切多么新鲜啊,这是一个新世界。更重要的是那些老板和美人与他同在一栋大楼里上班,也全都在这种怪地板上行走。好多次他都想马上去找到他的那些同村人显摆这些事儿。

当然,他还想捶自己一拳,怪自己不争气。

不知为什么,李水库有时很想对这个城市大喊一句什么,却总是找不到词汇,他想用一个词表达自己压迫太久的情绪,当然他并不能完全明白这是由于身体压抑造成的。

而所有的这些都让程小桂看不起。

李水库这个工作是程小桂给他找的,这样一来李水库和程小桂的关系就有点别扭。而别扭到了什么程度,只有李水库才知道。在老家,李水库不仅不怕程小桂,程小桂还要经常受着李水库一家人的脸色,原因是程小桂的娘家比李水库的家里还要穷,人一穷就没有了志气。

想不到,事情发生了变化,这栋望不到顶的高楼不仅给农村女人程小桂壮了胆,还让程小桂的家人在村子里直起了腰。不仅如此,程小桂不久前又寄回去了一笔钱给家里,不仅还了一部分债务，还购置了一些急需的农药，村里人都羡慕李水库的父母，李水库的父母果然也对这个程小桂的娘家客气得不行。李水库和程小桂两家的老人在村子里都有了面子。

只是没想到，那次寄出钱后，程小桂成了一个功臣，样子更加傲慢，更加不愿意理李水库了。李水库住在八个人一间的宿舍里，程小桂也是六个人一间，没有什么机会一起说话，不要说住在一起。从头到尾，他们只亲热过三次，李水库每次都需要忍受各种莫名其妙的羞辱。

李水库对这栋大楼的恐慌，让他对程小桂也无端地产生了畏惧。现在他就连说话都是小声小气的，整个人像没着没落的城市孤儿。没有人知道，李水库经常躺在大楼无人经过的十七到十八层的楼梯上想心事。

据程小桂说，李水库的工作，是她找了这栋大楼里一个非常重要的人物安排的。为了这份工作，他们必须要以老乡的身份相处。程小桂还郑重地提醒过他一些注意事项。

李水库一直以为当天就可以同房，想不到程小桂根本就不理这个茬，公事公办地把李水库送到保安员住的宿舍。李水库刚把行李放在地上，想把准备好的话说出来，这时，程小桂从口袋里摸了一下，掏出来一把黄色的新牙刷，远远地扔到写着李水库名字的铁架床上，说，你是不是很久都没有洗过澡了？还没等李水库反应过来，程小桂已经转身离开了。

第二天晚上，李水库去宿舍找程小桂。推开门，程小桂正靠在被子上，用手机发信息。看见李水库，好像受到了惊吓，程小桂连鞋也没穿，就一下子站到了地上。房间里还有一个女工，程小桂忙着向那女工介绍李水库，说这也是新来的同事。

那个人用眼睛瞄了一眼李水库,点了一下头,马上就溜出去了。

你怎么进来不敲门呢。程小桂把手机放进裤袋里,黑着脸对李水库说。

看到程小桂真的生气了,李水库嘴里呜噜了一句,门又没锁。

程小桂大声说,有没有锁你都要敲门知不知道,你怎么一点礼貌也不懂呢?我还有事情要做,正准备出去,有什么事以后再说吧!

说话的时候,程小桂穿好了袜子和皮鞋,移动了脚步,并用手拉开了门。

李水库一直跟着程小桂。最后糊里糊涂被程小桂带出门。到了电梯门口,程小桂脚步突然停下了,她对李水库说,你先走吧,我还要去另一个地方呢!

五

平时很少看到电视,李水库很寂寞。大楼为了省钱,没有从保安公司找人,而是随便在街上找了几个样子老实巴交的。他们私底下了解过,比起外面的人,他们少了两百块钱。李水库和其他保安兄弟都明白这件事情的内幕。所以他们做出一些有点出格的事情也并没有什么内疚。可对于李水库来说,只是第二次。

第一次拆的是一封写给男人的信,男人是大楼里一个中层管理人员。那是一封有趣的信。这个年代真正的信已经很新鲜,有的只是美容、治疗性病的广告和旅游、礼品公司寄来的一堆纸垃圾。

平时根本看不出，那个男人不爱说话，每天都是按时上下班。工作认真负责，对人有礼貌讲分寸，很明显，男人在云南昭通地区旅游，艳遇了当地一个风情女人。信写得无限具体，无限缠绵，无疑是想唤起这个四处留情的男人对她身体的美妙回忆。没想到，却让摸不到女人身体的李水库受到了严重的刺激。平时沉默寡言的李水库，当时像一个高烧病人，浑身滚烫，还在上班时间，就回到了宿舍铁架床上画地图了。

那封艳信的使用价值不可估量，当然被他毫不迟疑地没收、保存，匿藏在他认为最安全的地方。这是他的私人秘密，无人知晓。不过看见同事在上班的时间突然回宿舍时，他就会突发奇想，也许每个人都可能有一封这样的信，或者他们分享了他的战利品。对于这封信，他没有一点自责，甚至还安慰自己，这是为了挽救一个家庭不被破坏。这封艳信平安无事，壮了李水库的胆。他觉得深圳人并没有他原来想的那样神秘和可怕，更没有他想的那样心细，他们甚至有些大大咧咧。偷着拆信这样的事情，过去也有个别的保安这么干过，他知道，也还从来没有出过什么麻烦。

这封家信的主人叫张曼丽。他当然认识，他每天都可以见到那个漂亮的脸。她差不多也是这个大楼里最引人注目的女人之一，虽然年龄不小了，但很有风韵，大楼里没有人不知道她，只是感觉里张曼丽似乎并不认识李水库。

他知道在没人的时候，张曼丽还拿过几件男人穿过的衣服给李水库的同事。当然在有人的时候，她对这个同事连眼皮都没撩过一下。李水库认为她这样做也可以理解，谁让他们身份不一样呢。想到身份的问题，李水库又在心里批评了自己，他觉得自己也就只配程小桂这样的女人，这样一想，他心里又平衡了。

大楼里面的女人们说话的时候并不回避李水库，反正在她们的眼里李水库不过是一个透明而且没心没肺的乡下人。张曼丽经常叫李水库那个同伴帮助她搬东西到汽车里。有时候是空调，有时则是一个大大的果篮。听保安说，都是从一些男人的车里拿下来的，这些东西李水库在中央台的广告节目里面见过。遗憾的是她从来没有让他搬过。怎么也想不到，张曼丽后面还有这样一个穷苦的家。这样的家把李水库和她的距离一下子拉近了，这是他的想法。尤其是在程小桂冷漠的态度之后。

按照惯例，张曼丽也被李水库想过多次，作为情欲的发泄对象。刚来的时候，在一些人的口里听说张曼丽的父母都是北京的高官，一个哥哥在外交部，一个姐姐还在日本做生意。她年纪不小了，只是一直没有合适的结婚对象。也许条件太好了吧。很多人说这话的时候眼里都是羡慕。包括程小桂一到了这个大楼也是羡慕那些长得漂亮、人又能干的女人。

程小桂偶尔在嘴里还冒出一两句城里人说的话和广东普通话，这让李水库嘴上不说，但心里却有点烦。你又不是深圳人，说得再多也不像！不过这也只能是他心里的话，当时他想起了张曼丽，人家那才是一个十足的城里人呢，再给你程小桂两辈子的时间，也追不上人家。情绪像是蒿草，不断地撩拨他的心。李水库没想到，正在他四下走动，想着如何补救的时候，张曼丽走下了电梯。

她拿着一个小巧玲珑的手机说话，很明显电话那端是一个男性。散发着妖气的声音多次撞到李水库耳膜上。这样的声音会让李水库感到有一种说不出的身体愉快，有好多次，李水库都会偷偷溜进张曼丽办公室隔壁，那是个存放各种维修工具的杂物间。他用一个玻璃钢水杯贴到墙壁上，偷听张曼丽与别人讲电话。电话的具体内容听不清，只是记得有一次是午休时间，张曼丽竟然对着电话发出尖锐的喊叫，随后是低沉的呻吟。他把自己想象成电话那一端的男人，身体膨胀，他在张曼丽的声音中得到了一泻千里的满足。没人知道，做他这样的保安还是有一些不能与人分享的乐趣。当然，这之后，他也不只是对着大楼的一个女人才这样。张曼丽这时与工作时好像并不是同一个人。

李水库一颗心涌到喉咙口，身体也如一个弹簧冲出，挡在了张曼丽面前，张曼丽差一点被突然冒出来的李水库绊倒。正在通话的张曼丽着实被吓了一跳，她躲闪了一下，可身体还是擦到了李水库新换上的保安服。

真讨厌！张曼丽向着李水库翻了一个白眼。抛出来的声音有些娇气，有些愤怒，明显是说给李水库和电话里面那个人听的。骂完这一句，张曼丽皱起的眉头又松开了，她对着电话发出娇滴滴的声音，人也轻快地绕过傻瓜一样的李水库，留下一句，倒霉呗，差点撞上一个农民！

她并没有发现李水库今天与往日不一样。

六

除了工作是程小桂给他找的，就连后来他们行过几次夫妻之事的地方也是程小桂找的。尽管只是一个存放清洁工具的杂物间，黑胶桶就占去了很大的位置，里面发出腐烂的味道。而就是找这样的一个地方，也是李水库这个一米七二的大男人办不到的。这样一想，李水库就觉得窝囊，同时也感到城市和自己的乡下真是不一样，至少把他们的地位颠了个个儿。在深圳，女人的工作似乎更容易找一些，而男人如果没有一技之长，上哪儿去找活呢。就连这个保安的岗位也还是人家看他年轻才要的。在老家谁会想到程小桂会比李水库还有本事，她不过是一个喜欢看点闲书却没有什么特长的普通女人罢了。当然，除了长一双细腻的手之外。因为这样一双手，她就总是对一些田里的活挑三拣四，这最让李水库的父母看不起。可现在一切都不同了，程小桂是村里那些女人羡慕的女强人，无所不能。

很明显，进了城的程小桂比李水库想象的要混得开，这使得程小桂态度完全变了。也让本来就自卑的李水库更加沉默。包括对程小桂本人，他们除了向家里寄回去多少钱这样的事情需要说两句，别的基本不谈，其实也没有条件去谈。连一个给李水库适应的过程也没有，程小桂就变成了现在这个样子。脾气火暴，同时动不动就是人生、事业、社会之类的大道理。一个女人不好好地做事，好好地服侍老公却要弄得不像一个女人。这一切的一切都让李水库心里窝囊。你是深圳人吗？你不过就是一个女农民工！你有深圳户口吗？你不过有一张暂住证，你穿了一身白领的衣服也还是农村人！这是压在他心里面的话。

有时候李水库真想当着程小桂的面说出来，可看着程小桂自我感觉良好的样子，又不知怎么开口了，当然更主要的是他怀疑自己根本就没有这个胆。

当然李水库没有完全怪她，毕竟她很久没有回家了。从她用的东西上看，她挣的钱也没有乱花过，全都寄给了家里。

从见面那一刻起，李水库就要适应这个新程小桂。更多的时候，在这个无边无际的大楼里，他们互相都是面无表情，彼此看一眼就过去了。尽管李水库受不了，却也没有办法。程小桂似乎尝到了让李水库痛苦难受的甜头。到了后来她竟然上了瘾，故意多次用这样平静的眼神来看他。

她再一次这样看他的时候，李水库在心里骂着，别欺人太甚！

其实在这个大楼里，如果有细心的人，就会发现他们的不正常，要知道，在深圳这样一个特殊的地方，哪一个保安，哪个饭堂师傅不和清洁女工摸一把，说几句调情话过过手瘾嘴瘾呢，而他们竟然一次打情骂俏都没有过。

来到深圳的李水库自然见过太多漂亮的女人，这些漂亮的女人像老家灰暗的土墙上挂着的赵薇、范冰冰之类电影明星年画，不同的是，这些肉身能不断地走动，却没有一个与李水库发生实质上的接触。李水库知道，城里女人样子虽然好看，可是没有体温，甚至不能给李水库想要的东西，李水库要的东西很明确、具体。自己最终还将回到老婆那里。无论如何，程小桂才是自己的女人。想不到，现在除了不能碰一下老婆的身体，就连说一句完整的话都难。她还曾经威胁过李水库，他们的关系不能让任何一个人知道，否则会把一切都毁了。因为真要是被大楼的人知道他是她的老公，这个大楼根本就不会要他。不仅如此，作为介绍人，程小桂马上也要卷起铺盖一起被辞退。两个人押在这栋大楼里的一个月工资，将一分也拿不回来。程小桂说话的样子非常严肃，让李水库感到很无奈。

大楼早就规定了回避制度，可是李水库觉得这是对城里人的规定，因为在深圳人眼里，谁都没有想过这些农村人也会结婚、生孩子，似乎他们压根儿就是一些没有性别的人。

白天的时候，他无数次认真地打量这个大楼里的每一个人，内心不断猜测，到底是哪一个重要的人物呢？程小桂说过，他们那个恩人是有文化的人，绝非他们这样的农民工，人家每次说出来的话都非常有道理。

到了下班的时间，除了小心地观察这个大楼的每一个局部和细节，他还会寻找程小桂嘴里的这位所谓恩人。

这个大楼让他觉得神圣、神秘。最后他感觉这里的每一个人都很重要，他们才有能力收留程小桂，同时也收下了他。他们穿着时尚、得体；他们做事沉稳，寡言少语。每一个人都可能是程小桂的重要关系，也就是说这些人都可能是他和他们家的恩人。这样一想，李水库会从心里对每一个人好，对每一个人亲。

李水库看得最多的是老板模样的男人和衣服光鲜的女人。最后以至于把老板模样的人，脸上的麻子，痣的大小与方位都记得清清楚楚。当然那些长得像老板的人并不知道有一个什么人这样看着自己。而那些仙女一样的女人则是让李水库想入非非不能自已。刚开始李水库认为自己这样做非常不应该，可是后来他说服了自己。

每一次想她们之前，他会在内心里或是嘴上念上这样的一句：可怜可怜我吧。我想老婆了，我的老婆就在这里，可是……当然这样的时候，一定是四周没有其他保安的时候。

他有他的规矩，平均每两天才想一个女人，一般情况下，都是这个大楼里每两天见到的第一个女性，这是在他第四次被程小桂拒绝之后采取的一个办法。而对于那几个在心里好过几次的女人，他甚至会滋生出一种亲切感，他经常用眼睛追逐并在心里抚摸着她们的身体。

有的人是皮肤好，有的人哪里都不好，皮肤粗糙得要命，手也像男人的，不过就是一对奶子大，这是李水库的体会。当然他从来没有真的动过她们一下。

"嘿，老婆！"他自言自语。他不知道这个称谓是对着谁的。远处是老婆的身影在晃动。他说，老婆，除了心里，我下面也想你了。他说这话的时候，有一次竟带着哭音。

撕开那封家信，完全就是受了程小桂和那个收报纸男人的刺激。没有人知道，他的身体快要崩溃了。

好在一个老乡在宝安上合路给他联系了一个洗脚的活儿。这样一来，他不仅可以赚点钱，也好打发那些想女人的时光。尤其是周六、周日和节假日，那样的时间里根本就没有一个人和他说话。这样的时候，大楼的临时工也就越发多地聚集在宿舍睡觉或扯淡。李水库和程小桂更是一点机会也没有了。毕竟一个男人的手是需要女人肌肤的。每一次给女人做足底按摩，李水库都会想到程小桂，想着脚是程小桂的脚，他会更加温柔一些，老婆，我这也算是赔罪啦。然后接着想下去，想到后来又觉得程小桂没有什么好的，还是眼前的这个女人好看，想程小桂那个贱人想亏了，他在心里说。

他知道深圳有很多保安都兼职做类似的事情，当然还有一些是帮洗车厂擦洗汽车什么的。有很多次李水库躲在暗处等程小桂，想要拉住她说一句话。程小桂竟然吓得脸色发白，一边用眼睛不断四下看，一边说，你找死啊？你难道不知道这是什么地方吗？

窗外是工地，大厦已经起到了第三层。看着灰暗的天空，李水库想，跑到城里不是找死吧。想这些的时候，他把自己的一张脸贴紧了窗户，脸被挤压得完全变形了，最后有点痛。这样的时候，他感到了一些舒服。

第一次，李水库正在解腰带，正在取头发夹子的程小桂说，能找到这样的工作是做梦也找不到的好事。

李水库笑着说，是啊！

其实，程小桂不说，他也知道。上合村的马路上的确有很多拿着铁锹的农民。每开来一辆稍慢的汽车，他们就会争着跑过去，跟车里面的人说话，讨好人家，求汽车里面的人把工地上抬沙子、和泥、爬脚手架的累活给自己。这些农民工浑身又脏又臭，经常被爱车的司机训骂，所以他们的身子不能靠近汽车。到了中午，拉不到活的农民就索性躺在上合路的两边，脸上盖一件破衣服睡大觉。

如果不是老婆，李水库怀疑自己这种身份如果进了城，只能在上合路上等活呢，这些人除了等，还有什么办法呢，不像李水库有一个这么好的命，本来是找老婆，却一下子进了这么高、这么干净的大楼里面来做事。尽管如此，每次去洗脚店，都要经过上合村，李水库还总是忍不住去看那些人。那些愁苦的表情其实跟他还是像的，他认为自己内心和他们没有一天不是相通的。虽然是那些人在这个城市里抬沙子、和泥，可是李水库感觉自己的肩也是累的，手臂也经常是酸软的。

他们的下一顿饭在哪儿？晚上又在哪儿过夜？一想到过夜这个问题，他的眼睛会在他们的身上停滞的时间长一些。同时李水库认为自己说什么也不能太冲动，即使再不如意，都要先忍着。家里已经收到钱了，捎了信儿，让他不要着急，赚点钱再回去。打工的这几个月，李水库都是买了饭票就把所有的钱寄回老家，很明显，家里希望他留在城里打工。他知道，村子里已经没有什么壮年男人，包括那些六十多岁的男人，都出来打工了。

你不要装糊涂！身下的程小桂训斥他说，要知道人家上合村那些人现在连饭还没吃上呢！

是啊！李水库感慨着。

程小桂显然并不满足这样的话，说，是什么，我看你什么也不是。

李水库没话说了。

想不到程小桂又在说话，要是不信，你可以到上合路口去看看那些拿着铁锹等活的人。李水库已经记不清程小桂是第几次这样威胁他了，尤其在这种关键的时刻。

李水库感觉自己就像一个癞皮狗，此刻他只想趴在程小桂的身上，哪怕是挨几句骂几句损也无所谓。他有点嬉皮笑脸，说，老婆，我就是想你那里了。

空气先是沉闷了一会儿，终于，程小桂出现了很大的反应，她先是用力掀翻李水库，人坐得笔直，声音提高了八度，说，我告诉你，这个地方可是被监视的，包括说话的声音！

什么被监视？李水库还是没有反应过来，样子有点懵懂。却见程小桂射过两道凶狠的光。在光的威慑下，李水库光着的身子很快缩小了许多，他抓紧了手中一条内裤，让它遮住自己的私处，像是完全变了一个人。

程小桂用白手指着李水库，厉声道，你吃什么饭的？连这个都不知道！怎么领的工资？这叫渎职你知不知道！李水库感觉程小桂此刻的样子好像是这栋大楼真正的主人。

这是什么？我告诉你，你可别跟我玩心眼。程小桂把一只被扎了几个眼儿的安全套扔到李水库身上。

李水库浑身除了软就只有冷汗了。

睡着的程小桂半睁了双眼,张开大嘴,睡相跟死猪一样难看。

程小桂明显比过去瘦了,瘦了的程小桂让李水库有了一种不踏实感。在老家的时候,程小桂不是这个样子,性格就像一团棉花,最多就是一个人生闷气,闹点小情绪,偷着哭一会儿,跟他撒撒娇,很少会像现在这样发脾气,更不要说讲那些粗话了。一想起这些,李水库觉得还是自己的错,否则好端端的程小桂怎么会跑来深圳呢。

直到程小桂呼噜声音渐渐变粗,李水库的一只手才又重现,并重新开始有了活力。还是想做成男人,他顺着程小桂的下衣襟拐进了她灰色的西装裤里,他摸到了程小桂的腿根。李水库明确知道自己是想女人的,白天想,晚上想,他觉得自己这一辈子都会想,当然这一定要在吃饱饭的前提下。

李水库想,虽然他的老婆程小桂白天一身职业装,一天到晚还戴着一个莫名其妙的白手套,看起来挺威风,可是一到了晚上又变回一个地地道道的农村人。由此说来,他喜欢城市的晚上,城市的晚上他们都没有身份这种东西。在夜晚,他李水库和程小桂就应该是一对夫妻,而不是什么同事,不管程小桂是否承认这一点。

在夜晚,他李水库想的就是程小桂,梦里压住的也是程小桂,尽管绝大多数的时间里他们并不在一起。夜晚的时候,他会想到那些老板模样的男人会与什么样的女人睡觉之类的问题。老板们不会在晚上出现在大楼里,更不会与他在男女事情上有什么分歧。有时他也会想,他和这个城市里面的其他男人也许不在同一个夜晚。因为他们的夜晚是什么样,他李水库并不知道。想过几次以后也就不太想知道了,因为他们的夜晚与他无关。

李水库总是希望在夜里发生一些大事,比如地震或者失火,那程小桂一定会慌里慌张地跑到他这里,穿着在老家时经常穿的花衬衫,而不是平时穿的那种灰色衣服。那个时候,他们将先是紧紧拥抱在一起,随后,在这栋大楼每个人都孤立无援之际,他们手拉着手,以夫妻的名义逃走。哪个人想拦都拦不住,身后全是羡慕的眼睛,这样的场景他想过很多次。

这样的时刻怎么还不到呢。每到他的工资迟发,少发,挨老板骂,或者程小桂拒绝和他亲热的时候,他便会强烈盼望这一时刻的早日到来。

在他的幻想里,他的老婆到了晚上不再是衣服整洁、说话有礼貌的那个人,她还是他原来那个老婆。李水库在自己的想象中脱掉了那个在大楼里身穿工装的清洁班长程小桂的衣服,一次又一次碾着她的身体。他身下的程小桂软弱、疲倦,什么都要依靠他李水库,而他李水库则像一个无敌的勇士,无所不能。

我要吃油条!

好!我这就给你买去。李水库站起身来,才发现程小桂正闭着眼睛说胡话。

他倒是想为程小桂买油条吃,但是在这个城市里谁还在吃油条呢,要吃也是早茶,而什么是早茶他还没有亲眼见识过,尽管来到这个城市他就听很多人说起过。他希望程小桂和他有一次这样的机会,留给将来他们回到老家的时候,一起去回忆。可是他知道,即使他提出来,程小桂也会拒绝。毕竟他们不能公开地出现在各种公共场所。

看见了程小桂黑亮的发丝上有一个被压扁的饭粒，于是他扳过程小桂沉闷的脑袋并用手指摘下。做这个事情的时候他故意大手大脚，一点也不小心。他太了解她的身体了，所以他不担心对方会醒过来，因为他知道程小桂一旦睡着了就是扔在马路上也能打呼噜的粗人。根本不是每天说着你好你好的女人。

你是白领吗？你根本不是！李水库小声嘟囔着，他以为程小桂已经睡着了。

来深圳后不到一个月，李水库就知道老婆其实就是一个清洁班长。班长同样要做事情，和其他清洁工人一样，每天要面对垃圾和灰尘，甚至是粪便。只是在李水库面前，她总是说一些什么白领之类的话。李水库知道，这一切都是程小桂装出来的。

李水库正想着这些，一直沉睡的程小桂突然对着他翻了一下眼皮，还笑了一下，这样的一个动作，吓了李水库一身冷汗。不过李水库的呆还没发完，就见到程小桂闭了眼，哼唧了一声，把盘着的腿伸开，翻了一个身，又睡了过去。

直到李水库的手再次向前伸出，并碰到了程小桂敏感部位，程小桂才彻底醒了。醒来后的程小桂先是目光呆滞，可连半分钟都不到就开始变得异常凶恶。她先是狠狠地剜了一眼手脚慌乱、不知所措的李水库，并让目光停滞不前，落在李水库的手上、脸上。这使得李水库的一只手悬在半路，无依无靠。程小桂的目的就是让李水库感觉出自己是一个十足的行为不轨之人。

他刚拿了洗脚店给他提成的一百七十块钱，他想用这笔钱给程小桂买一块手表。来这里也是想征求一下程小桂的意见，看看买什么牌子的好。这样想的时候李水库就有点财大气粗。他壮了胆子说，你就那么累啊，跑到这个地方好像就是为了睡觉。

你不就是来睡觉的吗？不然你一个看大门的保安过来找我干什么。

李水库听了这话，上身开始慢慢变硬，下身变软，他张了几次嘴也没说出话。那封信的事重新开始在脑子里转悠回旋了，又在折磨着他的神经。他不说话了。

你要是真有本事还用到我这里解决问题？程小桂冷笑着逼近。

其实我这也是正当的要求。李水库又快速嘟囔了一句。

程小桂耳朵很是灵敏，这一次连一秒钟都没停顿就炸了锅，脸气成了酱油色。

那好啊！你有本事给我活干吗？你有钱给我吗？我看你是站着说话不嫌腰疼。要知道上一次你父母看病的钱还是我出的呢！你可是他们的亲生儿子，为什么要我这个女人来掏这个血汗钱！

这是哪跟哪儿的事啊？话怎么扯到了这里。此刻他只想把自己一双大而无神的眼睛停在一个地方，却被仍然不依不饶的程小桂捉住，并狠狠啄了一口。李水库明白程小桂这些话的分量，分明是说分心分家的话。有了这样的话，李水库认为他的家庭已经发生了天大的事情。

过了一会儿，李水库用发抖的手指着程小桂左侧的垃圾桶，结结巴巴嘟囔了一句，你们这里的桶根本没洗干净，好像有味。他想用这句话来引开程小桂的话题，为了不让程小桂再盯着自己看，他转过头，想不到眼泪突然就流了下来。

七

李水库和程小桂吵完了这一架之后，在漫长的几天里，他突然发现自己有了思想。思想的成果是农村人吵架只有一个目的——钱，而绝不是因为什么所谓的感情。

在男女比例一比七的深圳，李水库觉得自己只要想找，就不会找不到女人。程小桂不是自我感觉良好吗，但是她不知道这一架之后的李水库比她有心计了。李水库认为，虽然他眼下是在给城里人守大门，偶尔为人洗脚，可他是有野心的，他的野心可以让他变成一个城里人。这么想的时候，他的内心很痛快，他觉得自己走到这一步是程小桂逼的，她对他的态度将会改变他的命运，让他变成一个好命。

如果程小桂不是给他找工作，让他可以赚钱养家，他会那么在意程小桂的感情吗？想到这里，他摇了摇头，最后又点了点头。认识到不是感情问题之后，李水库觉得自己已经不是刚来时那个李水库了，他的内心轻松很多。只要我想，我就会有。李水库想起了每天放置在《深圳特区报》右侧的一句广告词。他想到那些城里女人的整洁、漂亮，还有她们的财富。这样的时候，他对程小桂身体的兴趣差不多消失了。他想，程小桂有什么了不起啊，我又不是没有女人理我，要我帮助，要我去干。

信没变，还在李水库的上衣口袋里躺着，但李水库的想法变了。现在他开始乐观了。李水库想，这封信或许真的可以成为自己的一个媒人呢，不是气话，更不是幻想，到那时就有程小桂好看的。这一时刻，家信比那封艳信更有了价值，几乎成了他的宝物。

之前李水库曾在心里对张曼丽说，你怎么还不急呢？你装什么呀，你的老爹都得重病了，你知不知道？现在李水库则用鼻子拼命吸着张曼丽身后飘浮起来的香气。香气和张曼丽的神气让李水库不再那么内疚,他的思路被香气熏过之后开始急速转弯。此刻他也不再觉得家信对张曼丽有多么重要。在这个城市里,好像什么都不属于自己的,包括老婆,偷看一封家信当然也不是什么过分的事,再说又不是故意的,就是故意的又能怎么样呢,他没有理由对这些新鲜的东西无动于衷。

到时可以对张曼丽说,信是丢在收发室的桌子上,后来被他偶然发现,那时已经被其他同事拆开了。他不仅严厉地批评了同事,还把信送了回来。想了几次之后,李水库有些相信自己的这一说法了,的确不是自己的过失。如此说来,到那时,她不仅认识了他,他还成了有功的人,距离从此就会拉近。

谁说不是因祸得福呢。李水库开始了兴奋,他准备从这封信开始筹划人生的下一步。

终于,李水库在洗脚店里等到了张曼丽。

这是李水库给自己找来的机会。他掌握了张曼丽的路线图。他观察到,张曼丽偶尔会一个人到这个地方消费,其他的业余时间都是和别的男人在一起。张曼丽脖子上挂着一个白金项链,两只手上分别戴着钻戒,一只白色,一只蓝色。张曼丽进来站在前台说了几句什么话,就转身进了里间。

洗脚店里面服务员女的多,男的少,现在很多女客人喜欢男服务员。之前李水库和其他的一些保安一直都是偷偷摸摸来打这种工,彼此心知肚明,互不道破。只是一定要避开大楼里的人。否则,被人知道了,肯定就被炒掉。

"一个钟"就有五块钱赚,这种钱是程小桂也不知道的。这样一来他就可以存到一起偷偷寄给父母。当然他还存下了一点钱准备为程小桂买一块机械手表,这是程小桂还没结婚时就想要的。

放了各种草药的热水已经由店里的服务员放好,李水库从小妹手上接过按摩油和毛巾,准备按摩。尽管灯光昏暗,张曼丽却坐在沙发上拿着一本厚书在看,眼睛根本没看一眼穿着一身日本和服的李水库。他偷偷看了一眼张曼丽,他突然发现城里的女人个个都很相像。皮肤白净,身段苗条,说话轻声细语,自己的老婆再过两年会不会也是这个样子呢?如果变成了这个样子,自己不应该难受才对啊,可自己为什么总是要难受呢?

李水库有点走神,心里想,程小桂现在早就不看书了,更不要说写什么诗。

一双让人浮想联翩、低到脚面的漂亮的镂空丝袜被李水库脱下后,李水库有些吃惊,想不到张曼丽长着一双结过老茧的粗实大脚,而且还患有严重的脚气,大脚趾一侧已腐烂变形。这样的脚让李水库的气定下来,不再那么害怕了,他一把抓过张曼丽两只脚放进装满了热水的木桶中。很快张曼丽的脚就温顺了下来,虽然上身还在沙发上挺着。

李水库依照平时的程序,在脚上涂些玫瑰精油按了一会儿,就开始偷偷把目光移到张曼丽手上。张曼丽的手上拿着一本财会方面的书。她的手虽然看起来光洁、白嫩,但是关节异常粗大,还有几块发黄的老茧。

过了一会儿,张曼丽突然皱起了眉头,显得不耐烦。李水库明白是外面的声音很吵。

张曼丽放下书,又从旁边的沙发上取过一张《深圳晚报》。

看见张曼丽认真地看着报纸,李水库放了心,想着自己的计划,他需要慢慢引出信的事情,并因此建立起他们之间非同寻常的联系。

李水库看见了报上是范冰冰整容的消息。这个演员李水库也知道,只是不喜欢,他喜欢那种看起来贤惠、懂情理的女人,或者可以改变他眼下处境的女人。程小桂的一系列表现刺激了他,也改变了他以前的想法。

很明显,手上这双脚曾经下过水田、受过苦,跟李水库、程小桂的并没有区别。这双脚让李水库感到贴心贴肺。更让李水库想不到的是,此刻,张曼丽一下子把一双脚完全递给了正在乱想事情的李水库。好在坐稳了,不然就差一点向后仰翻过去。

不知何时,张曼丽手上报纸掉在了地上,她歪着头,头发一丝不乱,闭上了眼睛,睡姿非常好看,张曼丽甚至发出了鼾声。这样的声音差不多就是程小桂那种呼噜声了。他装出若无其事的样子去偷看张曼丽,她上身的衣服非常整齐。下身是一个长度到小腿以上的中裙,因为脚被抬起的缘故正鼓动起来。

李水库见到了一个式样普通的方角内裤,甚至有些陈旧。这样的东西为什么穿在这样一个外表光彩夺目的成功女人身上呢?在那种成人录像中,李水库知道城里女人都是穿粉红或黑色底裤的。

现在,张曼丽的手、脚还有底裤这些朴实的东西,让李水库突然动了感情。他想到了老家。这就是他们农村人的思维——外表光鲜,而苦在里面。难受了一下之后,他的手也动了情,慢慢地开始向前移动了,先是在张曼丽的裙子里摆出了几种花样,一会儿是兰花指,一会儿是大灰狼,最后直达张曼丽的腿根,似乎失控了,飞行在要害的前沿,他知道,很快将接近终点。

终于,他停了下来,李水库被自己的大胆举动吓了一跳。李水库听见自己心脏快要跳出来。

　　李水库一双农村人的粗实大手在发着抖，变得无着无落。他实在招架不了，承受不了，他怎么走进了城里女人的这样一个地方？他得到过谁的允许呢？他的呼吸变得急促，关于那封信引出的问话竟然在这一时刻全忘光了。

　　直到看见张曼丽睫毛出现了抖动，才想起是自己的手机在振动。手机放在裤袋里，他都忘记了，忘记自己手机的存在，这在李水库来说是罕见的。除了睡觉，平时他每隔五分钟都要摸索一下这个宝物。

　　明显感觉到张曼丽的变化，这是一个不再年轻的女人的失落和无望。就连程小桂的那种骄傲和蛮横也没有，她的嘴角有一种求助，那种求助，不知道为什么，他觉得这一时刻她是自己的亲人，他有了心疼的感觉。

　　电话竟然是程小桂打来的。程小桂打电话干什么呢？之前她已经懒得理睬李水库了。李水库试图压住手机的声音，可是张曼丽还是慢慢地睁开了眼睛。好像睡了很久，她用陌生的眼睛看着正惊慌失措的李水库。看着看着，突然她认出了眼前的李水库。她一直在盯着他，好像要把他的脸盯出一个窟窿，她也许永远也想不到，在这样的一个地方可以遇见熟人。

　　李水库却发现近处的张曼丽有一对很大的眼袋。显然，她不再年轻。

　　终于，被盯得再也受不了，他从沙发上拿起一沓文件，递给女人，并说出了这样的一句话，你一会儿要去开会吧？然后他把脸向窗外扭了一下。

　　是啊！你怎么知道？张曼丽脸上变成了傲慢。

李水库说，看得出你是一个有文化的人，你这种人当然要开会的。

这是周日，根本不用上班。李水库被自己的声音吓了一跳。张曼丽并没有听他在说什么，而是快速并有力地夺过李水库手中的文件袋，并用冷冷的眼神打量正在发呆的李水库。在这样的注视下，李水库木讷的一张脸重新又变回了农村人的脸。

怎么，连你这样的小马仔也懂得文化？你也敢说开会什么的？张曼丽放下眼皮，发出了一声：哼！李水库听出了言下之意，你认出我又能如何呢！她把手上的文件有条不紊地放进包里。

信的事又快速回到李水库脑子里。

毕竟张曼丽读过中专，哪里会不明白这个道理。他如果不快点说出来，张曼丽也会来追查这个事情的。倒不如自己主动坦白，任她处理，反正是自己造成的，这样自己也能放心睡个好觉了。他可以向她承认错误，也准备接受经济罚款，只是恳求她不要让大楼里面管事的人炒了他。谁都明白，在这个大楼里任何一个工作人员都可以让他离开的，何况是她。再不说已经没有机会，他说，张经理，你老家好像在北方吧？

张曼丽还是很冷的样子，说，是啊，不过我的祖籍还是在深圳这边儿。

是吗？李水库明显有些失落。

张曼丽说，因为我的母亲是深圳人。

李水库讨好地说，噢，那你算是半个广东人啦？

什么半个啊，我就是这里的人。说到这里的时候，张曼丽突然已经换成了广东腔——不过我也在你们北方生活了几年。你们北方好冷啊！除了居住条件很差之外，吃的东西也很粗糙，不管什么东西，就这么一大锅一大锅去煮。还有，你们那边的人特别不讲卫生，一年到头也不洗澡。还有，还有……你们总是喜欢吃窝窝头……

听到最后，李水库分明觉得张曼丽在使用同情和怜悯了，这让他无言以对，他垂下了高粱穗一样的脑袋之后，就不知道再说什么了。

低头的时候，李水库一边看着自己的人造革皮鞋，一边犯糊涂，是不是自己真的弄错了呢？越这样想，李水库越觉得这封信上的事与张曼丽无关。除了张曼丽的手和一双脚，张曼丽光洁饱满的额头、洁白的牙齿都不像从农村出来的人。再想想，这样的字，这样的地址，还有这样的内容，反倒像是自己的家信。

最后李水库还想用家乡话试试，他说，张经理，你也喜欢吃麻雀吗？是不是很多年都没吃过了。他记得信上面提到过这个，信上说张曼丽的父亲曾经说一定要坚持吃，只有这样，她的哮喘病才能彻底治好。李水库知道那是一种很可怕的病。

张曼丽左眼下面的肉剧烈地跳动了一下，发过愣后说，你在讲什么呢？我看你这个人有些莫名其妙！

噢，对不起，我刚才说了一句我们家乡话。李水库说。

见张曼丽没吱声，李水库又说，我是问你喜欢吃没长毛的麻雀吗？这回他一板一眼用的是普通话。

不喜欢！张曼丽动了肝火，一下子变得心烦意乱，发出的声音尖锐、刺耳。只有你们那种又穷又冻的地方，人人才喜欢吃那类脏东西呢！

最后,她激动地站起身,猛烈地用自己一双有着细长鞋跟的皮鞋去踢身体左侧白白的墙壁。张曼丽自己也能听出,她的声音变了调。

只是快到门口的时候,张曼丽的表情又恢复了进门时的样子,她轻轻抚好衣服和裙子,让它们严谨地包裹着自己。李水库以为张曼丽会多看一眼自己,结果他并没有等到。张曼丽只留下一个强有力却透着冷漠的背影。

空气变得沉闷,没想到最后是这样一个结果。李水库的计划不仅落空,而且陷入了更大的恐慌。

八

程小桂的电话是约李水库晚上见面。

一进去,李水库就明显感觉出了程小桂和平时不一样。仅有的一小块地面被擦得很干净,还有,她的头发梳得非常整齐,脸上荡漾着微笑。在过去,她对李水库是一副盛气凌人的表情。

程小桂对他态度的转变,使他除脑子有些乱,同时身体也发生了一些重要变化。

怎么说都是自己的女人,自己未来孩子的亲娘,他的身体慢慢变得有些不一样了,最后竟然是生动活泼。

程小桂一张黄脸上出现了少有的潮红。程小桂低着头,把一张宽大的纸皮铺在地上,然后坐了上去。此刻,她的眼睛不看李水库,而是盯着纸皮上面的字。

这样的一个地方显然两个人不能平躺,只能叠起来做那事,他们心里都知道。

洗手盆上面的水龙头在漏水,滴答滴答地发出了和李水库心跳一样的声音。

这让程小桂有点不好意思,她是第一次有这样的表情,害得李水库像一个准备偷吃而又被人看穿的男人那样。他急着腾出一只手去拧水龙头,却还是不管用。

这个时候程小桂说话了,她说,别拧它了,早就坏了。

李水库收回手的时候竟然把程小桂头顶的拖把弄翻了,拖把从一侧倒下来,李水库没接住,溅了李水库和程小桂一脸的水。两个人都笑了起来。尽管李水库心里还是有疙瘩,不过笑过之后,李水库感觉比以前好了很多,因为程小桂一点清洁班长的架子也没有了。他甚至想趁着她高兴让她把手套也脱下来。装白领可以理解,但是这样的地方实在没必要,都是夫妻谁不知道谁呀,其实没必要装的。再说你戴上手套就浪费了好看的一双手。当然这只能是他心里的话,他怕此刻说出来会扫了程小桂的兴,还是把话压了回去。

你猜咱家猪有多大啦?李水库对程小桂说。

猪?程小桂一脸茫然。好像她从来没见过猪一样。不过,只过了几秒钟,她就笑了。那猪很可爱呢,我记得当时还喂过它一次呢。

她的回答显然是城里人方式。不得已,李水库还是回到了自己要面对的问题上。

他在想:大楼里的人知道了信的事情会怎么样呢?程小桂从此不会原谅他,两个人可以偷着亲热的事显然再也没有了。如果家里人知道,老家人不仅会说他是败家子,而且还会说他李水库刚进城就学坏了。他真是左右为难。

不过,程小桂终归还是自己的老婆,这是一个不小的事情,她来的时间长，见识多，或者会有一个好办法呢。再说了，如果不告诉她，他心里的难受就没有一个人分担。

想了一下，他对程小桂说，我有个事情一直想跟你说。

让李水库想不到的是，听了这话，程小桂突然坐直身子，重新恢复了白天的样子，很严肃地看着正准备说话的李水库。她用白手指拢了拢自己的头发，说，那好，你说吧。

见程小桂这么快就变回这副神情，李水库身体打了一个激灵，差一点就挣脱出来，却突然来了一个急转弯。他觉得这些话，还是放在自己肚子里安全。

他说，我看见饭堂那个洗碗的阿芳在里面拿了一袋子东西出去，还特意绕开了一楼的监控器，如果说她没做什么心虚的事，她为什么要绕开呢，本来他们是不能随便拿东西出门的。

看着程小桂好奇地盯着自己，李水库还是有点心虚，他慌忙补充了一句，看那个口袋的形状很像是一些米粉。

李水库被自己的话都吓住了，自己何时学会了造谣呢。这几天他的眼里除了信和信的主人，哪里还有什么食堂人和他们的影子呢。

轮到程小桂说话了，她说，你眼里怎么全是那些人呢，真是没品位。大楼里那个又漂亮又有权的女人，你知道吧，她才不得了呢。

谁？李水库问。

程小桂说，当然也有人说那个人是一个没人要的婊子，其实，她都三十四五了。

啊！李水库有些吃惊。不过他还是表现得漫不经心。

哪个女人啊？他心里打起了鼓。

程小桂之前表现得很镇定，可是几分钟不到，她就显出了慌乱,她连着看了几眼紧闭的铁门,声音开始变了,没有什么,不要多问了,我可什么也没说。

我也不知道你乱七八糟说的是谁。李水库笑着说完这句话的时候,看见程小桂也放松了下来。

李水库用的是看录像时学到的姿势。

即使是在老家没吃饱的时候,李水库也是很勇猛。他准备用新学的方式去教训一下老婆,让她感到自己的厉害,从而恢复他作为丈夫的地位,同时也让她明白,他也不是那个初来乍到的李水库了。

李水库想起初来深圳时,自己随时要摔倒的情景。现在可是一点问题也没有的,快步行走甚至奔跑了。电梯就更不在话下,坐在上面上上下下他很舒服,什么不愉快的面部表情也没有,他的胃和心都在原地安放得很好,每次进到里面,如果没有紧急的事情,他都希望上来一个漂亮的女人,与他在空中单独待上一会儿,最好还能说上几句。他经常想起第一次坐电梯时那个温暖的声音。他恨自己当时不争气,因为他连那个女孩子究竟什么模样都没有看清。

想不到程小桂用的是一些更刺激人的招数。她先是把两只脚抬得很高,然后嘴里发出像猫一样的叫唤。这样一来,两个人都吓了一跳。不过李水库还是感到了兴奋。

只是好景不长,才折腾几下,他就感到后背有一双眼睛,像是一个摄像头,随后李水库脑子里就浮现出一个老人的脸和张曼丽哭泣的表情。

突然不行了。身体没有了力量,马上就松懈了。

对不起!李水库说。

他草草收兵，脑袋枕着手躺回原地。想不到，李水库除了心里乱成麻之外，身体更是变得说不出的糟，再也没有了往日威风，作为男人，他开始了害怕。

这样的情景程小桂第一次见。她有些吃惊地看着李水库。程小桂笑骂他是一个软包的时候，他只能让嘴咧了一下而说不出话来。怎么会变成这样了呢？

显然，他还是忘不了信的事情。他知道，还是需要把信交给张曼丽。可是怎么对她说呢？说是捡的？或是随便地扔在一个角落里，最后再让她发现？或是按照原来准备的那些话？想过几遍以后，李水库否定了几种做法。那样的话她肯定会来追查。收信的时候正是他值班，为什么是他发现而不是别人？保安室里一共才有几个人，显然没有人会替他背这个黑锅。到时候，过去的一些事情也会被追查。包括拿了一个人落在保安室里的运动服，他没有向大队上缴，而是当天晚上就送给了帮自己介绍洗脚工作的老乡。还有一次自己用值班电话，偷着打了一个声讯台，这一切的一切都将因此而暴露出来。

怎么都不行。万一被发现了，这份让家乡人眼红的工作一定是没有了。除此之外，作为介绍人——程小桂的工作显然也保不住了。此刻李水库满脑子都是这些。

不能再耽搁，还是需要马上就对程小桂说清楚，两个人要快点想个办法出来，想到这里，他下了决心。

这时，他却看到程小桂咽了一下口水，随后发出了声音。她的样子看起来像是漫不经心，她说，你有没有想过这样的事情？

李水库赶紧把自己的话压了回去，他问，什么事情啊？

程小桂突然有些不好意思，吭哧半天，最后她坐了起来。很快她就恢复了白天的神态,大方地说,如果你找了这个大楼里的一个女的去相好,我又和深圳的一个男的结婚,你说我们还会这么穷吗?家里的老人还会一天天唉声叹气吗?我们将来的孩子一定也不用发愁了,到时候就可以一会儿住在你家里,一会儿又住在我家里,你说那是多好的事情啊。

想不到程小桂说出这样的话,李水库把到嘴边的话完全咽回肚子里,心里却好像打翻了五味瓶。

他用力张了两次嘴都说不出话。如果不在一起,怎么会有共同的孩子呢?程小桂把他给气糊涂也绕糊涂了。

他睁大一双眼睛,躺在地上,看着天花板上的黄色水印,再也不想多说一句话,脑子里一会儿是一个老人的表情,一会儿就是程小桂说话的脸,身上的力气彻底消失了。

他想深沉一点,目的是让程小桂为自己的话感到难堪,却没想到,刚想坐起来说话,一只拖把从墙壁一侧狠狠地砸中他的头顶。他痛得坐了起来。

因为痛,他有了胆,咧着一张嘴,对着正在看自己的程小桂说,你是不是找了?我看你就像!我早就看出你不对劲了。

程小桂缓过神,对着李水库笑了,她说,嘿嘿!我要是真找了还和你在这里呀!早就忙着找我家老板去了。程小桂翻了一下白眼,又说,现在不是在跟你商量吗?

这句话让李水库先是放下了心,过后,心里又不痛快了。心想,什么我家老板,在老家,老板就是对自家男人的称呼。商量?这种事要商量?真亏她想得出。

他蹲起身子,用脚跟狠狠踩住一个白色饭盒,脸上的肉开始僵硬。

程小桂见了他这个样子说，看你那个小气样，还像不像个男人了，我又没怎么样！

那你想怎么样？李水库梗着脖子大声说。

我怎么样，我怎么能知道！倒是程小桂声音开始变小了。

李水库希望自己平静地想一想事情，这个时候他需要转移话题。他想起了自己那个问题。也许这个时候说信的事不会让她生气，毕竟她说了不应该说的话，是她错在先。刚想着让这个话怎么开头，程小桂又说话了，她说，其实我说的事你也好好想想吧，这对我们两个人还有将来的孩子都有好处。

程小桂你不是人！李水库在心里开始了咒骂，你程小桂有什么了不起！只要我想，我就能搞到城里的女人。我还要让城里的女人给我生个孩子！你看我行不行！他在心里发着狠。

想到这儿，他突然笑了。他的笑让程小桂吓了一跳。她吃惊地看着李水库。

李水库看着程小桂的脸说，不用想了，这个问题我早想过。你说得对，你不是跟我提大楼里面那个又漂亮又有权力的女人吗？她早跟我提起过这种事，我也一直想找你说，总是没机会。你现在主动提出来太好了，真的就成全了我们，这样一来，你也不用那么辛苦，我也不用当保安了。人家都答应我了，只要我同意，就给我买房子和汽车，还说只要同意马上就和我办手续。我说这个事情也不能太急，毕竟我也是有老婆的人，我要先把婚离了才能和你结婚。

直到看见程小桂的脸由白变成了灰色，李水库才停止了说话。想着程小桂的脸色，他甚至想跳起来，程小桂难受的表情让李水库兴奋得一塌糊涂，原来程小桂也有这样的时候。

九

还没到上班时间,他就站在了大楼的门口。他要快点找到一个女人,不管是谁,一定要赶在程小桂采取行动之前。

他先是把眼睛盯住了门前排队办事的女工身上。此刻他心里绝对明白工厂里那些女工的想法,那些女工哪个不是对男人一副讨好的样子呢?在李水库看来,如果他想来点非分之举是很容易得手的。过去他怎么没有想过这个问题,现在是程小桂改变了他的思维,也给了他勇气,因为想到了别的女人,他的身体膨胀起来。

一定要找一个愿意和他好的女工。当然也要看着顺眼。这样的话,他就省下了泡女孩子的钱。不过李水库也知道,泡这类女孩子最多也就是花点咸水花生和菊花茶饮料的钱。她们似乎从来没有认为自己还有什么价值。他想,女工们也许正等着他前去说话或者带着她们开房呢!

李水库始终黑着一张脸,因为他早就知道,无须讨好谁,他们这些男人就是这个男女比例失调的城市里最受欢迎的群体。他一定要表现得比她们优越很多倍。

不能太主动,太主动就显得低贱,主要是不能对她们微笑,他明白,如果那样的话,他的想法会暴露无遗,再说,他的笑一点也不好看,因为他的牙齿并不白净。

他留意到有个女孩子一直在偷偷看他,在捕捉他的眼光。他有些犹豫,要不要过去打个招呼?快到十点半的时候,他趁另一个保安去打电话,才径直走向了排队的人群。还没接近目标,他的手就有些发抖了。终于,靠近了。想不到,想不到女孩子从自己腰部以下很低的位置递来一张纸条。纸条被折合成长方形，进入李水库手掌中心的速度很快，没有半点犹疑，以至李水库连脚步都没有停下就准确接住。

他看也没看就握紧了，脸上和身上的表情与动作并没有因为他的手而有丝毫变化。手里的东西有些湿润，肯定是这个女工的汗。他走到队伍的尽头，然后拐进了另一排才返回来，以此压抑自己的兴奋。从头到尾他没有说话，一颗心像是要跳出体外。最后他装出什么事情也没有发生，回到了来人登记用的桌子前，站下，停了两分钟，最后他又拐到柱子后面，摊开手。想不到竟然是三十块钱，有一张二十，一张十元，并不是他想象中的什么情书和有着电话号码的字条。他有一些失落，显然那女孩子想插队，而不是看上了他。

他面无表情地站到队伍的前面，招了一下右手，女孩子跑过来。女孩子快要到的时候，他冷漠地用了挥手的动作表示让她快点上楼办事。女孩子对他笑了，然后一步两个台阶地跑到了三楼大厅，去办理暂住证手续。

李水库记得她下身穿了一条有点夸张的牛仔裤，这种裤子把女孩子的屁股包裹得又大又圆。这是深圳女工普遍的打扮。李水库脑子里回想了一下女孩子的相貌。想起来了，这个女孩子长得不够文静，主要是嘴难看，笑起来把所有的牙都露在了外面，很像一只大河马。女孩子办好了事，下楼。下到最后一个台阶的时候，李水库迎向她，并笑着对女孩子说，靓妹，事情办好了吧？要是一会儿有时间，想不想一起去吃个炒河粉？

女孩子愣了一下，笑着说，我很忙啊，今天是跟班长请了假才出来的，现在还要急着赶回去上班呢。

李水库突然有些泄气，他感觉不远处有两个同伴看见了他难受的样子。李水库感到自己丢了面子，要知道，在深圳他可是第一次约女孩子呢，听说很多保安都能把女工约到看录像，最后又弄到床上去。受到这样的打击，他脸上有些发热，正在女工准备向门口迈步的时候，李水库突然从上衣口袋里掏出一个白色的信封。他故意用衣角遮住信封的一半，然后拉到两个人腰部的位置上，他压低了声音说，谁不忙啊，你以为我很闲着吗？你看吧，这封信就是这个楼里面那个女经理的，她特别有权力，我不骗你，这绝对是她的信，不信，你可以看上面的名字。对，张曼丽，就是她。她所有的信件都在我这儿。

见女工没说话，他又小声地说，你不信吗？她家里的一些大事小事还都是让我帮忙处理呢，他爹最近出事啦。

听了这些话，本来紧着脸的女工突然笑了。

李水库站直了身子，问，你笑什么呢？

女工笑着说，你真会搞笑，如果她是一个深圳人，怎么可能要你这种外地人去安排她的事情呢，她又不是傻子！对了，你拿着人家信干吗？还不还给人家！

+

李水库也不是没有想过程小桂的话，要是他们分别被这个城里有钱有势的男人女人看上，那什么都会改变了。那是怎样让人羡慕的日子呢，他也会像这个大楼里男人们那样威风，他也可以穿得整齐体面，对着农民工指手画脚吗？

坐在保安室里，李水库想了很多。在别人看不到的地方，他用剪刀剪下自己认为有用的东西。在报上，看到了深圳的很多故事。他最关注的是那些关于农民工工资方面的报道。当然也看到了不少谈工作方法的文章,上面说无论做什么都不要蛮干死干,这是最新的观念。他认为说得特别有道理,所以他工作起来很懂分寸。

深圳人什么都好,房子跟电影里面差不多,房间内的音响就差不多要两万多块,床和书柜比电影里还要好,光是一个小孩的房间就什么都有,深圳真是太好啦。这都是程小桂说的。

记得程小桂说这个话的时候,李水库心里是生气的。好个屁啊!后来他还想过程小桂的话,程小桂怎么什么都知道呢,连人家城里人小孩子的房间她也知道。现在李水库想起当时那些话竟然吓出一身冷汗,程小桂的确不再是原来那个程小桂了。

除了看报纸,最近他常在贴满了广告的站牌下寻找招聘单位。不过每次站到那个地方,是啊,这样的工作的确太难得了,他用眼睛偷偷打量身边那些满面愁容找工作的人。这样想着的时候,他就会想起自己所在的那个大楼的种种好处。不过他也发现了自己的变化,现在他的眼睛也会溜向那些应聘高中毕业生的广告。

已经是第六次跟踪自己老婆了。李水库清楚地看见过程小桂进了距离上合村不远的宝雅花园。那是宝安最著名的高档住宅小区之一。

程小桂的样子鬼鬼祟祟,到底是哪个老板呢?或者是那个收报纸的男人?李水库有太多问题不能问,也有太多的问题不能说。在跟踪程小桂的时候,李水库第二次发现城里的女人个个都很像,甚至程小桂的样子都有点像城里面那些个女人了。人前有些不可一世,而到了没人的地方,她们简直就是一溜小跑。

为了气程小桂，李水库有一次在楼梯的拐角处等到了程小桂，李水库没话找话，他对神情也有些不对头的程小桂说，你说我们俩用那个方法真的可以留在城里吗？孩子到底是上半个月住在你家还是下半个月住在我家呢？

他就是想挑起那个话题，让程小桂生气。程小桂没有接李水库的话。她呆呆地看了一会儿李水库，什么也没说。

李水库发现，程小桂最近总在发呆，人显得不太正常。

十一

最担心的事情还是发生了，到了下午六点多，河南平台的信又来了，与上一封才隔了不到十天。

李水库躲在洗手间里仔细看了几遍信封上的字。不是同一个人写的字，地址却是一模一样。

为什么这么快就来信了呢？为什么不留给他点时间再做工作，让他想出办法使张曼丽的良心发现呢？他把信放进了口袋里。

只是十分钟不到，李水库就感到了事情不妙。

如果是催钱的，那还好办些，可李水库害怕是其他内容。

再也没有办法了。他站住。

终于，他关上了保安室的门，咬着牙撕开了这一封与他命运密切相关的家信。

信比上一封长了点，是一个男人的笔迹。

李水库的预感得到了应验。

上封信刚寄出，张曼丽的爹就被赶出医院了，一周不到，就死在了家里。信里说，临死之前，爹再三交代不要去麻烦她，还嘱咐家里人要把那封信追回来。爹说让她在外面好好工作,不要被家里的事拖累了,也不要因为家里的事而让别人看不起,最后影响了前途。信里说,本来不准备说的,可是爹知道自己活不了几天了,还是想说出来,张曼丽是家里收养回来的孤儿,是狠心的城里人丢下的孩子。虽然是这样,可是当爹的一直以有她这样有出息的孩子而骄傲。因为有了这个孩子,爹在村里是腰杆挺得最直的,爹的威信也是全村最高的……

在十七楼和十八楼之间,他让自己躺了下来,然后闭上了眼睛。李水库脑子出现了空白。

不知什么时候开始,他开始跑步了,不过,他认为自己不应该穿着皮鞋跑。那是一双三十块钱买的鞋,这种鞋不需要鞋油就很光亮。如果不遇上水,不认真看,很难看出是人造革的,他怕自己跑得太快,把鞋跑坏了。

李水库逃跑的方向好像是西南,不知为什么,最初太阳在左侧,后来就完全看不见了。近处的山后面正下雨,雨越下越大。这样的天气让李水库迷路了,前面是那条与老家公路同样的路,他走了上去,可是让他差点滑倒。再抬起头的时候天完全黑了下来,像个锅盖压在头顶。有一个时刻,半点光亮也没有。过了不知多久,他才看见了脚下有一个小土包,上面竖着一个高高的石碑。李水库眼睛有些看不清上面的字,努力睁大了眼睛,把脸贴在上面,才看出上面的字竟然是父亲的名字。他忍不住喊了一声,爹啊!爹!你怎么不等等俺呢?你有病为啥不跟俺说?什么信啊?俺没有收到信啊?

李水库被自己最后的这声哭喊给弄醒了。

他睁开眼,发现外面的天完全黑了。

他走到窗前，借着外面的光，再一次看那封家信。上面歪歪扭扭的字，像是有表情，再看的时候，李水库忍不住鼻子酸了，而且一直酸到鼻子的根部，因为这些字越看越像他爹的字。

　　走之前他与爹狠狠地吵过架，李水库现在再也控制不住地想他了。爹的头发已经全白了，到了夜晚就拼命地咳嗽。有一回咳嗽是因为吃香蕉，那回爹发高烧昏迷了两天才醒，一睁开眼就说要吃香蕉。爹从来没有提出过自己要吃什么，突然这么说，全家都有了不祥的预感，害怕得要命。李水库哭着跑到了县城里买了回来，家里人还是第一次吃到这种南方的水果。爹不舍得吃，他是在李水库的呵斥之下才硬是把剥好了皮的香蕉吃下了半个，没想到吃进去以后竟然拼命地咳嗽。知道全家人正看着他，爹停止咳嗽时就怪罪家里人说，让我吃这个干啥？这有啥好！刚进嘴里就化了，在肚子里成了痰，吃了还会咳嗽的，你们都看见了！显然爹醒过来了，醒过来的爹在心疼钱。爹的话惹出了全家人不断地傻笑。为了配合大家的笑，爹又咳嗽了起来。

　　爹最近身体怎么样了，如果病重，他们会来信吗？他们的信会不会在路上丢失？李水库的脑袋发胀，他一直在想着怎么办。怎么办？他的眼前不停地浮现一个躺在床上的老人。这个老人长得很像张曼丽，越来越像。连细细的纹路也越发清楚，到了最后，他脑子里的老人竟然一点一点变化成了他李水库的父亲。

　　脑子里全是父亲躺在床上的样子。他狠狠地甩了几次头，父亲却还是立在那里，不说一句话，只是看着他笑。父亲平时很少笑，这样的笑，让李水库心里发毛。李水库脑子里满满的都是与自己父亲很像的老人。张曼丽呀张曼丽，你怎么不想想家？为什么非要逼我呢！你为什么不给家里打个电话，你为什么非要害我丢了工作呢！丢了工作我就等于丢了老婆。我本来还要带她回家呢。李水库自言自语。他几乎要哭了，要知道为了娶这个老婆，家里欠了多少债啊。

他甚至觉得自己方才不是在做梦，好像爹真的已经离开了自己。此刻他的头已经开始痛了。脑子里一会儿是生病的父亲，一会儿是自己戴着手铐和追赶警车的父母亲……

再这样想下去，他知道自己就要疯了。

错过了开饭的时间，李水库只好到大排档上吃快餐了。

李水库的食欲一直很好，到了深圳以后，他认为一个人要学着向前看，还要学城里人想事和做事的思维方法，同时还要让自己吃好点，健康是第一位的。

李水库见到菜牌上的第八行写着辣椒炒麻雀时，他的眼睛有意地避开了，这种东西无疑也是张曼丽愿意吃的，他们是同乡，口味当然相同。他用力摇了一下头，想把脑袋里的事情赶走。

他喊来服务员，点了一个鱼香茄子煲和两碗米饭。这是他最想吃的菜，有这种菜他可以吃下五碗饭，其实还能吃更多，只是怕旁边的人笑话。

想不到饭和菜上来的时候，他突然一点也不想吃了。

他叫过服务员拿来一瓶金威纯生啤酒，就着碟子里免费的几个红色的辣椒，喝了起来。

又打开了一瓶。喝了酒的脑子和人似乎已经分离，最近他总是想喝酒。夜晚的大街上也射出白光，和白天一样晃眼，他希望此刻能黑一点，要能黑得把自己的心事和不争气的眼泪藏起来。

眼泪流到了满是油垢的大排档桌子上，于是他索性伏在了上面。脸压在手臂上,让半张嘴悬在桌子下面。

……走走走走走啊走,走到九月九……不知道为什么他突然唱起了歌。过去他很少唱歌。

他反复唱这两句,他感到自己喝了酒的眼睛有些发红。

看着远处闪烁的车灯,这样的车灯让他想起老家那些小孩子手上的纸灯笼。

他再次把手放在了胸口,摸着那封信。什么人的胸口有口袋呀?他有。这是他自己缝的,平时这里放着手机,有人说会辐射,但是李水库不信。这个手机是他目前最贵重的物品。是他到深圳后唯一给自己买的贵重物品,虽说是个二手货,他却喜欢得不得了。除了程小桂,他还没有给其他人打过,更别说是其他的女人。他很清楚这样的手机是连着老家的。他知道只要拨过去,老家人就可以听见他说话了。他还没有打过,主要是家里那边的电话设在村委会办公室里。村里也有些人家里安了电话,但是安了电话的人家都是那些很不好商量的人,李水库不想让自己的家里人因为听电话这样的事情而受委屈,所以他都忍着不打。不过,有没有手机是不一样的,有了手机即使不打他也感觉到自己离家很近。

可是这次他想的并不是自己的家,而是与手机贴在一起的那封信。想到这里,他从口袋里拿出一张纸,上面有一个电话号码。他看了一下,随后就拨通了电话。

电话响了很长时间,终于有人接了,听到张曼丽的声音,李水库突然把电话挂断了。

下了那么大的决心,话却还是没有说出来。他把手机放回口袋里。

他努力着想办法让自己的情绪尽可能缓和下来。终于，他从口袋里摸索出一支笔，随后，又掏出一个印着深圳特区的红色信纸，铺在石阶上面，写下几个字：亲爱的。停了半天不知下面写什么。这是一封要写给谁的信呢，亲爱的是谁，他不知道。

他闷得快要爆炸了，他就是想找一个人说出自己心里面的话。

手机突然在半空中响了，一个女人的声音，是张曼丽打回来的。

你是谁？对方问。

你好！我是保安室的李水库。李水库说话的时候，人有点发抖。

她说，这么晚了你找我做什么？怎么，就连你也都有手机了吗？

嗯，是刚买的。李水库听到自己的声音。

张曼丽问，有事吗？

他没想到张曼丽这么快就让他不知道说什么好了。李水库本来都已经打了腹稿，腹稿是这样的：这里收到了一封信，拿来前就已经被撕开了，最近邮局总是出现问题……

可此时此刻他突然明白自己绝对不能这样讲，这个谎言被自己都识破了，更不要指望对方会信。到那时，她一定会找到送信的人问个明白。那样的话，事情也就真相大白了，过去那些丢信的事全部会扯出来，包括把前面那个保安的事也安到他的头上，那就倒大霉了！就不是被炒么简单，首先，他的老婆程小桂将马上会受到牵连，工作没了不算，两个人还极有可能被送进监狱。

他对着话筒说，对不起，打错了。

她突然笑了，说，打错了，我可知道你是谁。好了，别装模作样了，这可是睡觉时间哪，给我打电话，你就不怕我不方便吗？

李水库额头冒汗了，他说，对不起呀，张经理，不好意思，我忘记现在已经十点多了，请你先好好休息。真对不起，我放了。他拿着电话，站在夜空下，李水库双腿站得笔直，他感觉自己正在发抖。

不要放！这是电话里面张曼丽发出来的声音，不要放电话！李水库惊住了，以为自己听错了，他问，什么？

这么晚了，你找我到底有什么事情？张曼丽声音显得有些缠绵。

张经理……我打扰了，对不起你和姐夫！

什么姐夫？小子，我还没结婚呢！

你上次不是……

李水库当然记得那一次窃听，女人在办公室里面说话，凭什么让她进户口，而我没有？你想一想，我做了多少年了，我付出了多少！

那个男的说，你不要太小气，顾全大局一点好不好，以前你不是这个样子。

张曼丽说，你以前不是这样对我的。

男人说，记住不要再这样跟我说话，别忘了，你是一个什么身份。

……哈哈！张曼丽笑了。那个人啊，少提他，他死啦！真笨，做戏！不懂吗？她又继续说道，小老弟，拜托你了别给我乱安老公好吗，虽然我年纪不小了，可是我还没结婚呢！没结婚的话,全世界的男人就都有可能成为我的老公。没有老公我也可以做成任何事情,到时看看谁还会说我的命不好?

李水库长这么大第一次听到一个女人这样对他说话,正在他心惊肉跳,不知怎么回话的时候,电话里的张曼丽说,你不是要找我吗?那现在就来吧,顺便把我放在杂物间那只水果篮和微波炉带回来。

李水库拿着手机站在月光下很久,最后他仔细看了五次手机上面显示的号码,他知道自己刚才并不是做梦。他感觉到,这个张曼丽情绪失控,也许正像大楼里面传说的那样,又被男人甩了。

李水库此刻更加痛恨自己,张曼丽多么可怜啊,失恋的同时也失去了父亲,而这一切,都与他有关。所以无论如何他今晚都应该把话说出来,任凭她发落。

想不到快要出大门之前碰上了程小桂,她的脸色很难看,看得出她是有意在等李水库。李水库此刻并不想跟她说话,他的脚步不想停下来。程小桂只好大声叫住了李水库。

有什么事?李水库冷冰冰地问。

程小桂停了一下才说,告诉你吧,我一早就见到她了。

李水库很镇定。他说,她就在这个大楼里工作,谁都能看见,我也看见了。

程小桂说,我是说,她大清早就从老板办公室跑出来,刚开始还以为别人没看见。这回我才知道为什么八楼不安装监视器了,之前的那天晚上她根本就没回去住。还有我去打扫房间的时候,发现里面有那个东西。真是晦气啊,他们根本就不知道尊重人,这种东西应该自己收拾,大清早的。程小桂故意显得有些委屈。

李水库心里一动,程小桂说这番话,明显是对他撒娇,可是李水库依然表现得很冷淡。

程小桂说，你不要什么事都管。

李水库停了两分钟，他说，你对我说这些是什么意思？

我就是想告诉你这个。程小桂小声说。

李水库脸上出现了微笑，说，那又怎么了？

他迈步向外走的时候，程小桂又说话了，我是说你不要再想着人家。程小桂这一次生了气的声音和平时完全不同。

想她怎么啦？李水库头也不回地说。他要气她。

程小桂说，别想了，人家不会看上你的，你根本就没有这个本事找上她。

李水库昂着头，说，她能不能看上我，不关你的事，你是不是关心过了头？来到深圳，李水库第一次这样理直气壮说话，他感到了痛快。

程小桂说，你们的身份不一样。

李水库说，你不就是想告诉我，她跟别的男人上过床吗？可是我不在乎。这样，我和她就拉平了，我也不用那么自卑，她也不会计较我的出身了。

程小桂说不出话了。

直到李水库走出了三米多的时候，程小桂突然大喊，水库！千万别去啊！

十二

脱了鞋，李水库发现自己右脚的袜子露出了个小洞，两个脚趾不知何时钻了出来，要知道平时自己的保安服可是整齐得很。与此同时，喝过酒的李水库还发现地板像镜子一样光亮，比大楼里的更加刺眼。在他的理解中，张曼丽是个大龄女性，被男人抛弃过，按理说，不会比他的处境好很多，这样的女人在这个城市有很多，他听说过。家里也应当很零乱才对，没想到这个房子装修得非常堂皇，把他李水库弄得反倒成了需要同情和安慰的人。这样一来，李水库原来好不容易产生的一点自信也没了，想起来的话也忘得差不多了。

这是什么？张曼丽指着李水库包裹里的麻雀问。

拿给你吃的，我想你也会特别喜欢，我们老家的人都爱吃这东西。

你们的生活方式真是奇怪啊！这是人吃的东西吗？张曼丽的手对着一排晒干的麻雀问。你是说你们北方人喜欢吃麻雀？不是吧？你知不知道那是一种可爱的小东西？你懂不懂环保啊？你们这些农村人怎么什么都敢吃呢？我看你们简直就是一个残酷！

李水库说，这个还可以治病！他差点就说出哮喘两个字。

似乎他是来专程讨水喝的，水被他一口就喝完了。杯子不再遮脸的时候，他看见了张曼丽的眼睛。张曼丽一直看着他笑，根本没有他想象的那副神情。他以为她会哭哭啼啼，可是没有。她新染了栗子色的头发，弯曲着，妩媚地站在电视机的左侧，遮了一半电视画面。上面正在播出伊朗的一部儿童电影。房间的灯光太亮了，像白天的深圳，刺得李水库智力低下，他不知说什么才好。电视里跑出一个弱视的小孩子，掉进一条正在奔流的河里。而孩子的父亲正在对着这个一直拖累自己的孩子犹豫……

在李水库低头想事的时候，张曼丽突然发出了女主持一样的声音，她说，李水库，你那个工作不好吗？还是另外有什么事儿？

李水库头皮发麻。

张曼丽看出了李水库的紧张，笑了，要是嫌太清闲了，你可以去参加义工之类的。

李水库还是不知说什么，他最近才明白什么是义工。

她接着说，那样的话，你就不会像现在这样，每天游手好闲做错事了。李水库突然想起自己兼职被张曼丽发现……

在李水库受到惊吓的时候，张曼丽捏出两颗维生素在眼前，她把它们放进口里，说话了。当然了，也不是什么人都可以成为义工的，如果你这样的人参加了，呵呵，你信不信，人家只会认为你是个吃饱了没事干的人。

看着李水库还是不明白的样子，她笑得有点花枝乱颤了。

她又说，说白了就是做好事啊！到老人院、孤儿院捐钱，做点善事。不过像你这种身份的人如果到了那里，也就是去干点粗活累活，还好，你平时就是做这个的，你知不知道像我这样漂亮而且有身份的人去捐钱，人家可是没见过。说着话，张曼丽返回身从柜子里拿出一份三个月前的晚报给李水库，你看一下，这个就是我，她指着上面的照片说，随后，她又拿出一个红色证书。

李水库腿上放着报纸，在听张曼丽说话，你知不知道，钱这种东西关键是要花对地方。

嗯。李水库答应着。

好，看你就是一个明白事的人。张曼丽笑了，她竟然伸出手摸了一下李水库的头。

那你跟我说说吧，你有什么特长。张曼丽今晚显得有些高兴。

我，我是我们村最好的泥水匠。李水库低着头。

那也叫特长吗？哈哈！从来没听过还有这样的一个特长。那你给我表演一下吧。

在张曼丽的笑声中，李水库站了起来，手举了一半，停在那里不动了。一会儿便软下来，一双手像是怪物，它们先是抚在细腻的水果上像个忸怩而惴惴不安的螃蟹，丑陋、不灵活、沉重无比，让他无法控制。

看见李水库这个样子，张曼丽双手捂着嘴大笑起来，手腕上白金手表，晃着李水库眼睛。

李水库犯了一会儿困之后，张曼丽身穿睡裙站在了李水库眼前。李水库想起自己对这个女人曾经的念头，突然口渴，他又喝了一杯水。这时张曼丽却从茶几的水果盘里挑个苹果削好，递给正低着头、发着抖的李水库。

清醒啊！他在心里喊着，并偷偷掐了自己一把。让张曼丽意想不到的是，李水库低着头，冒一句话，当然声音还是有些发闷，他说，张经理你说城市好还是农村好？

张曼丽被李水库问得愣住了，可是她很快就笑了，反问他，那你说呢？如果农村好，你为什么跑到城里？

李水库说，我觉得还是农村好，农村有新鲜空气，有美丽的庄稼……

讲这些话的时候，他完全忘记了张曼丽那双好看的眼睛正一动不动地盯着他。张曼丽并不说话，她看着李水库的嘴，这导致李水库也好像看见了自己那个吊在半空中的嘴了，李水库从张曼丽的眼睛里看见了自己说话的样子，他觉得自己就像个超级骗子，正在推销一种谁也不想买的东西。这样的人被他多次挡在大楼的门外。那些人有时推销的是些昂贵的工具书，有时推销的是一柄柄雪亮的菜刀。

他知道自己很多部位都失控了。可是他此刻必须要把话说出来，哪怕眼前架着刀子。他已经连续失眠了很多个夜晚，他知道，这一次再不说出来整个人就要崩溃了。

张曼丽先是打量自己的手指，随后大笑，大笑终于戛然而止，她冷冷地说，现在农村还有新鲜的空气吗？到处都在挖山挖石头，大片大片的土地荒掉了，你在哪儿见到了美丽的庄稼？你真是一个臆想狂。

张曼丽又接着说话，美丽的庄稼？这不是歌词吗？而且早过时了，你不嫌酸啊？如果看你们的外表，个个都像老实人啊，有你们这么朗读歌词的吗？

此刻，他觉得张曼丽正在一步一步地逼他。他把眼睛从地板挪到电视机上，电视里那个弱视的孩子与他一样，突然被父亲扔到了那条奔流的河里。

让张曼丽没想到的是，没有太多文化的李水库固执地要把话说完，他说，也许你我的老家还有善良的父母亲，也许他们正躺在病床上。

如李水库所愿，张曼丽的神情终于不正常了，她的脸色惨白，过了一会儿，情绪好像才稳定，她说，李水库，你没有病吧？

张经理，我没有病。对不起！只是今天我想家了。我以为我一天天有吃有喝应该不想家了，没想到还是想，比什么时候都想，比我在家里的时候还想。

连李水库自己也没想到，他突然间的失控成了另外一个自己也不认识的外星人李水库。这是计划外的表现。而让李水库想不到的是张曼丽再次大笑起来，她说，想家？你这个人好奇怪啊！哪个人会不想呢？我当然也想我爹地和妈咪啦！

李水库木着脸说,是吗?你爹爹和妈妈现在在哪儿呢?

当然住在他们的别墅里面啊,不过我的爹地是位高级领导,每天工作很忙,除了周末家里举办的宴会,我并不是总能见到我爹地。

李水库站起了身,他需要马上离开,他认为已经开始失控。

张曼丽拿了一小袋腊肠和衣服送给李水库,感谢你替我跑了腿。

我不要!李水库用力摇了一下头。

拿去送人吧!这些东西我没什么用。张曼丽说。

寄回给你的二妹吧!那封信的落款就是你二妹。李水库停下来,低低地说。

什么?什么二妹?张曼丽问。

对。是你的二妹!李水库发现自己的声音里拖着哭腔,他像是在哀求。

哈,可惜我是家中的独女,我要这些做什么呢?他们也都有许多钱,不用我这些,他们还总是想给我,可是我已经有太多了。我什么也不少,现在我有的是钱,你知道吗?渐渐地,这个声音开始不像是张曼丽发出来的,而像是一个吃了兴奋剂的人。

我什么都不缺。张曼丽说。

可是你有一个二妹。李水库声音变了。

李水库,我看你是喝醉了!

李水库没说话。他也没有再去看一眼张曼丽。

不用看,李水库知道张曼丽的表情。他抓住自己的外衣,向外冲去。

他来到了深圳宝安上合路上。

不要以为我不敢撕掉！谁也不要逼我啊，我什么也不怕！把它扔进黑井里，没有人知道。只是他的手刚一触到信，身子瘫软了，最后他蹲在了地上。

身后是那些明亮的灯火，李水库蹲在没了盖子的沙井边上，不知为什么，他此刻就想这样待着。他看见一对乞丐夫妻拿着盆子向外打清水。他抚在上面看了一会儿，不理解这样的地方竟然还有清水。一直以为这里面只有污秽的东西。可是他们在里面找到了清水。李水库耳边回荡着那对夫妻的家乡话，路上并没有人多看一眼垂头丧气的他。

他站到了自己所在的那个大楼的楼顶。

第一次站在这么高的地方看深圳。深圳的夜晚到处灯火通明，灯火一闪一闪像是老家清明节时候看到的鬼火。

只有天空是深蓝色的，他看不见星星。本来以为换个季节会看见，结果还是不行。这个城市怎么没有星星呢？想到星星的时候，他想到了自己的老家乡下。没想到这次想家的时候，他的神情竟然是恍惚的，注意力并不是很集中，心里像是长了草，是那种高高的米色的蒿草，这样的草顺着心长到了他的喉咙里，末梢的部分摇晃着，让他发痒，这样的痒，并不会让他笑起来，却让他的胸口发闷，喉咙异常难受。

打开了身上小小的收音机。他用手机拨通了一个电话到《夜空不寂寞》，是著名女主持胡小梅的声音，每晚他都要收听她的节目。

听了一阵广告之后才轮到他的电话。

对方提示他讲话。

你叫什么名字，在哪一间工厂，喂，喂，你听到没有。你怎么不说话呢？是那个温暖的声音。

李水库说，你别管我姓什么了，我只想问一个事情。

电话里的声音，请你说吧，碰到了什么事情。

我……我拆了别人的信，是无意的，怕丢了工作，一直也不敢说，想不到，最后耽搁了人家收到这封家信，现在那个人的爸爸因为没有收到信，没有钱看病，后来死了。

犯罪！——对方没等他把话说完便接着说道，这是什么年代了，这是一个法治的社会，竟然还有这样的事情发生。好了，我相信你应该知道自己怎么做了。主持人很快换了一种声调，说，听众朋友，下面我们听一首歌曲……

李水库！我叫李水库！

他大声念着自己的名字，你怎么刚进了城就偷看别人的家信，这样的事情都能做出来，为了保住面子和工作，拖着不告诉人家，终于害出了人命，还不敢承认，犹犹豫豫总是不想告诉人家，李水库你这还算是个人吗！

喊完了自己的名字之后，他又喊程小桂的名字。

程小桂！程小桂你也不是一个人！你别以为现在这个样子了，你就是深圳人了，没有人这么认为。他大喊。

终于声音小了，程小桂！这一次，他喊得有些温柔。

在深圳这个城市，没有人知道他李水库，当然也不会有谁知道程小桂。在这样的夜里，在这个城市，李水库喊着自己的名字和程小桂的名字，他要用这种方式为他们最后圆一次房。

十三

还没到上班时间，他就在大楼的门口站住了。不过他没有等到张曼丽出现。她生病了吗?她是不是已经联想到了什么?她是不是已经听出了他在广播里的声音,她是不是已经报了案?

到了下午,还没有看见张曼丽的身影。

喂,我想问你最近有没收到过信?有个人站在门口问他。

并不是她。

现在与信有关的事情都会让他心惊肉跳,尽管他已经有了自己的计划。他说,信,信,哦,没看见!

问信的人刚离开,手机突然就在当空炸响。李水库一个激灵,他竟然感觉手机发出的声音像警笛鸣叫。

是张曼丽打来的。记住,从现在开始,你要给我闭上嘴!否则我会让你们家连你的全尸都找不到。

就在李水库还没明白什么事的时候电话就"啪"的一声挂断了。

李水库正在发呆的时候,有一个女孩子的声音在耳边响起,请问你叫什么名字,谢谢你啊,你现在的身体好了吗?我看你的样子就觉得亲切!

神情有些恍惚的李水库面前站着刚刚办好暂住证的女孩子。

上班的时候,他看见一个长相秀气、样子有些亲切的女工站在门口排队办事,他走过去喊那个女工过来,让她先上去。李水库看见排队的人里有人对他指指点点,这一次,他没有理会。也许最后一次利用职权为自己办事情。现在她正像个小孩子,感谢着他,她说,真开心啊!这回我可以去看地王和深南大道啦!

女孩子的声音温柔,让李水库感到亲切。那张粉脸,那种形象的女工正是李水库一直喜欢的类型,可是此刻的李水库面无表情,他摆摆手让女孩子走开。

女孩子离开两分钟还不到，李水库就突然想起了一件事情，对方正是第一次坐电梯时和他说话的那个女孩。

李水库的左脚在自己的右脚上狠狠踩了一下，用了很大力气，他的脸因疼痛而变了形。

十四

李水库的腰被人突然抱住的时候，他正在收拾行李。当时身子颤了一下，手脚顿时变得冰凉，他知道，到底还是被发现了，也许她去报案了？真的再也躲不过了吗？

李水库闭上了眼睛，身子一动不动。

半天没有声音。再过了一会儿，他明白身后不是警察，而是一个温热的身体，不用回头他也知道是谁。在这个城市里他还认识谁呢？李水库很想说一句，松开我！可是他说不出口。那是他每天晚上都想念的身体，要知道当时他们连蜜月都没过完。

程小桂拖着乡音说，别生气啊，我都知了，都知了啊，别怪我啊！上次吵完架之后我就在偷偷跟踪你。

李水库不说话。

程小桂说，你刚来深圳，还有一些事情不懂呢。程小桂向李水库撒着娇。

对，我当然没有你懂！李水库冷冷地说。

程小桂说，我没有别人懂，可是我比你强一点点，你只要遵守城里人的规矩，相信你早晚会懂的。

李水库说，可惜你说晚了，我现在不想懂了，因为我已经犯了罪。

程小桂不说话了，眼睛呆呆地看着地面。

李水库也低下头,看着一双白色的手,冷冷地说,快松开吧,还是不要搞脏了你的手套。

程小桂没说话,贴着李水库的身子开始慢慢变冷,她松开了李水库。然后,她慢慢地褪下自己的手套。

李水库本来备好的一句:我们各走各的吧,我不想耽误你。可是还没等到他把话说出口,就被眼前的情景惊住了,他看见程小桂其中的一只手已经完全变成了暗灰色,指甲差不多没了,剩下五个光秃秃的指头,有一只还在溃烂,另一只手套褪不下来,因为已被流出来的脓血粘住。

李水库的嘴张开了两次,却说不出一句话。

李水库眼圈红了。他轻轻碰了一下程小桂的手,想不到程小桂突然就扑在他的背上。很快李水库的后背就湿了一大块,自从认识以来,他们从来没有过一次这种时候。

李水库一言不发,他突然推开程小桂,飞快地离开宿舍,下了楼。

过了一会儿,李水库眼圈红肿地跑回来。他发现程小桂此刻就像一个无助的女孩子,一动不动站在原地。

李水库手上捧着一包止血贴——幸福牌止血贴。忍着胸腔里发出的唏嘘,他用自己又大又粗的手轻轻抚摸着程小桂完全不敢相认的一双手。在李水库蹲下身子向手上吹气的时候,程小桂的手和身子一直在发抖,她的下巴顶住了李水库又硬又短的白头发,很明显,他们有意把这个时间拖长了。

用了几条止血贴都没有用,急得李水库头上流出了很多细汗。

显然这双手不是流血的问题,手早已经被化学用品烧坏,止血贴已经粘不住程小桂的皮肤。李水库站在地上，看着一脸平静、安详的程小桂。

别费事了！我全都试过，没用，听医生说真皮已经坏了。程小桂笑了，随后细声细气地说话。程小桂来到深圳后，进到工厂两个月不到手就被磨烂了。

其实很多女工都是如此。

这个地方没好人！李水库站直了身子，气愤地把拳头砸向了铁架床上的栏杆，铁架子猛地回弹了一下，痛得他咧了嘴。

程小桂看了李水库半天，突然说，你知不知道，帮助你来到这个大楼的那个人是谁？如果不是她把我招进来，我现在还在工厂里呢！就是她让我戴上这个，到这里上班的。程小桂指着床上的纯白色手套。

李水库不说话了，他实在不知道此刻该说什么，他茫然而又警惕地看着程小桂。

终于，李水库听见了那个女人的名字。那是两次家信上面的名字，也是让李水库害怕并失眠的名字。

其实你并不知道，她也在工厂做过，受的苦一点也不比我和其他姐妹少。程小桂踮起脚从李水库的上衣口袋里掏出那封家信。她让这封信贴在自己的眼睛上，信被程小桂一双泪水浸湿了。

还是一起离开这个地方吧！这个地方再好，也不是我们的。李水库终于说出这样的话。此刻他心如刀割，再也不知讲些什么。

程小桂想了一下说，你不要把那个事情想得太严重了，她的手机换了好几次，就是想躲开家里那些不断向她要钱的人。跟你说吧,她压根儿就不想知道这封信!

李水库说,那是她的事,可是,说不说出来,是我的事!

程小桂不说话了,她看着窗外,那些脚手架上有穿着黄色工装的建筑工人。

你还记得吗,我也会做那种泥水活!李水库也把目光移向窗外,声音里有着一丝温柔和伤感。

程小桂沉默了,她没有接李水库的话。

不知时间过去了多久,李水库从口袋里掏出一个米色的小盒子,说,这个手表买了很久,总也没机会给你。

程小桂沉默了一下才说,不用了,你带回去吧,我已经有了。程小桂慢慢撸高了一只袖子,伸出手臂给李水库看,是一个闪着光的精巧坤表——深圳产的中国名牌——飞亚达手表。

还有……李水库从枕头下面拿出了一个精美的笔记本,里面有程小桂写的诗歌。这是程小桂离开家之后,李水库花了几个晚上重新拼好的。

程小桂的泪水终于夺眶而出。

两封信整齐地叠起,放在张曼丽抽屉里。

辞工信则放在保安室的台面上。关于离开,他没有告诉任何人,不然的话,这个大楼管事的人会压住他两个月的工资。他是刚领了工钱就买好汽车票的,否则他怕自己会后悔,他怕自己会改变主意。这个挺拔而漂亮的大楼和这座城市是他喜欢的地方,他实在骗不了自己。尽管站在楼顶他看不见星星,站在地上,他望不见楼顶。可是,可是,他真的喜欢这里。

约好了时间是早晨四点钟,一刻也不等。说好了,如果一起回去就是那个时间。又给了自己一个半小时，直到天就快要亮了。

程小桂不会来了。他的预感还是得到了应验。

凌晨五点半，他看了一眼镶嵌在这个大楼上方的巨大时钟。这个时候的天差不多要完全亮了。他认真地看了一眼这个还没有醒来、颜色有些发蓝的深圳宝安，然后一只脚开始踏上即将驶向远方的长途汽车。

车还没有开到深圳的最后一站——深圳松岗镇，李水库就被收音机里一个声音吸引住了，是一篇配乐散文：

……也许你只看过我的光鲜的外表，可是，你并不知我的曾经，也许你只羡慕我的成功，可是，你不知道我正用幸福藏住了我的疼痛……

《中国作家》2007年第7期

哭 麦

王 松

今天生长在城里的年轻人已经很难想象真正的麦田是什么样子。真正的麦田并不是黄色的，而是金色，金光灿灿，一望无际，远远看去铺天盖地让人不寒而栗。那时曾有一首流行歌曲是这样唱的：麦浪滚滚闪金光，棉田一片白茫茫，丰收的喜讯到处传，社员人人心欢畅……丰收无论对谁当然都是喜讯，但在当时，对于我们这些被驱赶来农村的年轻人却未必。我们的口粮是由国家供应，每月百分之四十面粉，百分之六十的玉米粉和高粱米，也就是所谓的商品粮。从这个意义上说，村里的麦子丰收与否跟我们没有任何关系。如果硬说有，也就是到了收割季节我们要流更多的汗水，付出更多的艰辛。

没有人能想象得出，在田里弯腰割麦是一种多么可怕的事情，那种感觉简直就像世界末日。来农村之前，我们只在课本上读到过有关割麦的事，说是有一种叫"康拜因"的联合收割机，在苏联的集体农庄被普遍使用，前面一边割麦，后面就已打成捆并将脱穗的麦粒直接装入汽车，非常现代化。但是，我们来到农村才发现，我们的人民公社跟人家的集体农庄根本不是一回事，我们不仅没有"康拜因"，甚至连20马力的"东方红"牌拖拉机还不普及，割麦只能用镰刀。用镰刀割麦看似容易，其实是农村著名的"四大累"之一。所谓"四大累"也就是四种最繁重的体力劳动，它包括：割麦子、脱坯、养孩子、××。其中第四累是第三累的原因，第三累是第四累的结果，这里就不必细说了。由此可见，割麦即使在重体力劳动中也居首位，应属重中之重。我至今仍无法准确地形容，一个人长时间地弯腰在田里割麦子，手掌被镰刀磨出层层血泡，脸颊让锋利的麦芒刺得伤痕累累，从脖颈到腰背一直放射到脚跟疼痛得近乎麻木，那是一种什么样的感觉。我曾在一块巨大的麦田里收割过一条长得难以想象的麦垄，据当地农民称，足有五里长。但这样的五里并不是我们通常所说的五华里，更不是二点五公里的两千五百米，要知道，农民说这种话是从不负责任的，他们告诉你五里，就有可能是六里或七里，甚至八里。起初我并没意识到事情的严重，但渐渐地就感觉这条垄开始阴险起来，似乎不动声色地越拉越长。直到我感觉自己的腰出了问题，疼得已快要支撑不住，再抬起头看一看竟然还一眼望不到头。而此时我两旁的村民都早已割到前面去，只留下我这条垄像一堵矮墙似的立在光秃秃的麦田里。这对于割麦者当然是一种奇耻大辱。于是，我只好咬着牙又弯下腰去继续拼命往前割，就这样割到傍晚，割到天黑，一直割到半夜才总算割到了地头。也就从这一次，我再看到麦田立刻就会本能地感到头晕目眩，两腿发软，甚至大小便都要失禁。其实又何止是我，几乎我们集体户的每个人，每到农历的三四月眼看着绿油油的麦子一天天疯长起来，又由绿变黄被风吹起波澜壮阔的惊涛骇浪，就都会出现程度不同的生理反应。而且那麦子越是长势喜人，我们也就越是一筹莫展。

我至今还记得1977年的那个初夏。

在那个初夏，我们村的小麦呈现出历史罕见的大好长势。当时用的是一种叫"反修3号"的新品种。没有人会想到，这个新培育的"反修3号"竟会有如此优良的性状，不仅穗长坚实，颗粒饱满，而且株高挺拔抗倒伏，走在田里几乎能没腰际。显然，这一年的丰收已成定局。那段时间，村庄里的大喇叭从早到晚都在播放着那首"麦浪滚滚闪金光"的歌曲，村民们也都喜气洋洋地磨着镰刀，收拾绳索，准备开镰收割大干一场。而与此同时，我们的情绪也都已坏到了极点。首先是杨鸣。杨鸣在一天中午去生产队长那里请假碰了钉子。他请假的理由看似很充分。他对队长说，刚刚接到家里拍来的电报，他母亲病了，而且病得很重，他家里只有他这一个儿子所以要马上赶回去。但杨鸣在说这番话之前显然没有考虑周全，因此也就有一个很大的漏洞。按以往惯例，我们村里有谁来电报都是一件很大的事，乡邮员要先去大队部，将电报交到大队会计的手里签字盖章，然后再由大队会计用大喇叭通知谁谁去领。但在这个上午，村里的大喇叭一直在播放"麦浪滚滚闪金光"，从没有间断过，这也就说明并不曾有电报送来。但生产队长还是给杨鸣留了一些面子，并没有当即揭穿他。我们村的生产队长姓常，由于是著名的割麦能手，每两镰割下的麦子就能捆成一大捆，因此在村里被人称为常二捆。这时，常二捆眯起眼问杨鸣，他母亲得的是什么病。杨鸣仍然不动声色，说目前还不清楚，电文只有几个字，母病重速归。

别的就没有了吗?

杨鸣说没有了。

杨鸣为常二捆解释,电报是要按字算钱的,当然不会写得太细。然后又说,也正因为没写详细,他才更加担心,因为他母亲的身体一直不好,长年患有多种慢性病,比如高血压,心脏病,动脉粥样硬化以及脉管炎等等,因此这一次,无论犯了哪一种病都很严重。

杨鸣和常二捆这样说话时,常二捆正蹲在自己家的门前捧着一只粗瓷大碗喝玉米粥。他这时把碗放到地上,又拿起一块秫面饼。所谓秫面也就是高粱面。那时的高粱大多是"东方红1号",这个杂交品种产量极高,但品质也极差,不仅口感粗糙,用它做的面饼稍稍一凉就会像石头一样坚硬。常二捆从这只面饼上掰下一小块,朝前面不远的土垣瞄了一眼,突然一挥手扔过去。只听吱的一声,杨鸣回头看去,就见一只硕大的田鼠被打死了。这只田鼠显然正在专心致志地挖洞,因此没注意到身边的危险。常二捆这一下打得很准,那块面饼刚好击中它的额头,所以它连动也没动,一伸腿就死在了那里。常二捆起身走过去,从地上捡起那块面饼,小心地吹去沾在上面的泥土就放到嘴里,然后一边嚼着对杨鸣说,看见吗,这就是秫面饼,馒头是啥样子,你在城里长大应该比我更清楚。杨鸣一时没明白常二捆是什么意思,眨眨眼看着他,问秫面饼怎么了,馒头又怎么了。常二捆说,秫面饼是用秫米做的,而馒头是用麦子做的,你们都是文化人,这点道理还不懂吗。杨鸣立刻明白了,常二捆的意思是想表明,用高粱做的食物质量很差,甚至坚硬得能打死老鼠,而用麦子蒸出的馒头则不同,从品质到口感都不言而喻。他是想以此来强调收割小麦的重要性。

　　常二捆点点头，说对，就是这个意思。

　　接着常二捆又说，现在村里马上就要开镰了，麦收可是当前的头等大事，你说你母亲病了，如果黄小毛也来找我，说他父亲病了，怎么办？王松再来找我，说他姥姥病了怎么办？还有杜红呢，我都让你们回去吗？如果都回去了，村里的麦子还收不收？常二捆这样说完，就又埋下头去继续喝玉米粥了。杨鸣直到这时才终于明白，尽管常二捆没有把话说透，其实他早已识破了自己，因此，无论再跟他扯什么理由也都无济于事了。

　　杨鸣在这个中午碰了钉子，情绪很低落，回来时就从小卖店买了一瓶地瓜烧酒。他这次去找常二捆原本是想先行一步。往年每到麦收季节，我们集体户的每个人都会想尽各种理由请假躲回城里去，一般当然是最先请假的更容易获准，越到后面也就越难。但这一次却出人意料，常二捆从一开始就把口封得很死。这让杨鸣很沮丧。

　　在这个中午，杨鸣拎着地瓜烧酒走出村外，就在快要来到我们集体户时，突然听到一个很奇怪的声音。这声音显然是用两根木棒敲出来的，虽然不大，却很清脆。接着，他就看见了孙羊倌儿正站在我们院子的附近。孙羊倌儿是个相貌丑陋又很邋遢的中年男人，平时为村里看管几十只山羊。他的视力很不好，无论看什么都要用力眯起眼，但脑筋却异常灵活，最善于跟人狡辩。杨鸣一见孙羊倌儿立刻就警觉起来。他发现，孙羊倌儿的手里正拿着两根油光光的枣木棒。孙羊倌儿一向很懒惰，放羊从不肯走得太远，只在村庄的周围转来转去，因此附近的青草渐渐也就所剩无几。但孙羊倌儿也有自己的办法。他的那些山羊经常会在他的唆使下悄悄潜入人家的院子偷吃干草，孙羊倌儿则在外面为它们望风，一旦发现什么情况，只要敲一敲手里的枣木棒那些羊立刻就会装作若无其事地走出来。曾经有人问过孙羊倌儿，究竟是用什么方法训练的这些羊。孙羊倌儿却笑而不答，再问就矢口否认。在这个中午，杨鸣一见孙羊倌儿立刻就意识到了什么。接着，果然发现正有几只羊像散步一样大摇大摆地从我们集体户里走出来。杨鸣顿时感到很恼火，立刻朝孙羊倌儿走过去。

他质问他，为什么说话不算话。

就在这一年春天，孙羊倌儿曾多次指使他的羊溜进我们集体户偷吃干草。这些干草对我们来说真的是来之不易。那时按村里规定，每年春天，社员都要向生产队缴纳一定数量的干草作为牲畜饲料。我们知青也是社员，当然不能例外。但我们平时下田累得筋疲力尽，回来时就已没有力气再去割草，而且往往割回一筐青草，晒干之后却所剩无几，因此能攒下这样一垛干草很不容易。我们发现了孙羊倌儿的羊经常来偷吃干草，就去找他理论。孙羊倌儿起初当然不肯承认，他说他的羊口味很高，而我们知青割的草质量又很差，就是请他的羊来吃它们都不会吃。但就在这时，杨鸣却从一颗羊粪蛋上发现了问题，他走过去，一脚将那颗粪蛋踏扁，然后就从里面抻出一根红色的塑料头绳。这根红头绳显然是杜红用过的，不知怎么丢在了干草堆里。这一来孙羊倌儿才无话可说了。当时杨鸣坚持要卸下一条羊腿，作为对我们干草的补偿。但这显然不太现实。羊是生产队的集体财产，孙羊倌儿无权做任何处置。他只是捶胸顿足指天发誓，说下一次绝不再让他的羊干这种事，如果再有类似的事情发生无论我们怎样做他都绝无二话等等。在这个中午，**杨鸣**质问孙羊倌儿，既然他在不久前刚刚发过毒誓，为什么又指使他的羊来偷吃我们的干草。但这一次，孙羊倌儿却显得若无其事。他讪笑着问杨鸣，是吗？我的羊吃过你们的干草吗？

杨鸣说当然吃了，我亲眼看到的。

杨鸣说，你的羊刚从我们集体户的院子里出来，而且如果我没听错，还是你敲那个枣木棒把它们叫出来的，你现在怎么能不承认呢。孙羊倌儿却仍然不慌不忙，说我不是不承认，我的意思是说，这种话可不是随便乱说的，你要拿出证据来，如果你还能从它们的粪蛋里找出一根玻璃头绳，我当然会承认。孙羊倌儿这样说显然是在胡搅蛮缠，杜红不可能有那么多的塑料头绳让孙羊倌儿的羊来吃。孙羊倌儿眯起两眼看看杨鸣，又得意地嘿嘿一笑，说你刚才没有听错，我确实敲过枣木棒，但我敲枣木棒是因为我的羊跑散了，这里几只那里几只，我是想把它们叫回来，这跟你们的干草没任何关系。

杨鸣盯住孙羊倌儿问，如果我能找到证据呢？

孙羊倌儿立刻愣了一下，问什么证据。

杨鸣说，当然是你的羊偷吃我们干草的证据。

孙羊倌儿的嘴张了几张，却没有说出话来。

杨鸣问，你是不是就承认了？

孙羊倌儿忽然笑了，说当然，只要你能拿出证据我就承认，而且，就算这些羊都是生产队的，如果它们真干出违法的事来我也要负责任，我还可以对你们做出赔偿。

好吧，杨鸣点点头说，咱们一言为定。

杨鸣没再跟孙羊倌儿纠缠下去，转身就走进集体户的院子。

但是,他一进院立刻愣住了。在我们集体户的窗根底下晾着几十棵白菜,这是我们几天前刚从村民那里买的。我们虽然吃的是商品粮,平时的副食却很差,只能吃一些腌咸菜,于是大家商议,一旦收割小麦会很辛苦,就事先买了这些白菜,准备万一请假不能获准,也可以改善一下伙食。但在这个中午,杨鸣走进院子才发现,这些白菜都已被什么动物啃得面目全非,有几棵甚至只剩了几片破碎的菜叶散落在地上。杨鸣立刻看出这是被羊吃过的,接着就想起刚才见到的那几只鬼鬼祟祟的山羊,嘴角确实还沾有一些菜叶。杨鸣立刻脸色铁青地转身走出来。他刚要去找孙羊倌儿理论,无意中一回头,发现有几只羊正站在不远处朝这边偷觑,于是又停住脚,想了一下就转身走回来。杨鸣一向是个心很细的人,手边备有各种常用药品。我们平时遇到哪里不舒服,都会来找他。这时,他来到屋里取出小药箱,在里面翻了一阵找出一只白色的小药瓶。事后他告诉我们,这是一瓶叫"奋乃静"的安眠药。说是安眠药,其实也就是一种强镇静剂,化学名称叫"羟哌氯丙嗪",是专门用来控制精神病人的。我不知这种药在今天是否还有使用,但据杨鸣说,在当时,这种"羟哌氯丙嗪"应该是力量相当强大的镇静药之一。在这个中午,杨鸣找出这瓶"羟哌氯丙嗪"就又来到院子里,从一棵白菜上扯下一片很大的菜叶,倒出大半瓶药片小心包好,又重新塞回到那棵白菜的菜心里,然后就将它摆放到门口一个很显眼的位置。杨鸣做完这一切,走出院子看了看。这时孙羊倌儿已站到很远的地方,做出一副他的羊无论再干出什么事都与他无关的样子。但杨鸣发现,那几只羊仍然躲在土坡的后面贼心不死地朝这边看着。于是,他又捡来几片菜叶故意扔在院子门口,就转身回来了。

杨鸣回到屋里，特意选了一个最佳的观察角度。在这里刚好可以看到外面的一切，外面却看不到屋里。他打开那瓶地瓜烧酒，坐下来一边慢慢喝着，耐心地等待着。没过多久，就见那几只羊又鬼鬼祟祟地来到我们院子的门口。不过看得出来，它们确实训练有素，似乎知道这院子的主人正躲在暗处，所以并不贸然进来，只是探头探脑地朝院子里张望。但是，当它们吃了杨鸣故意扔在门口的几片菜叶，偷吃的欲望立刻又膨胀起来。也就在这时，它们突然发现了那棵摆放在院子当中的大白菜。先是一只身材瘦小的白色山羊终于按捺不住。它的样子很机灵，先试探着朝前蹭了几步，又蹭了几步，然后扬起头朝窗子里看了看。不过它显然没看到什么，那扇窗子悄无声息。但它似乎仍不放心，又抻长脖颈朝四周张望了一下，当确信院子里真的没什么危险，才转过身去用力一扑，以令人难以置信的速度一口将那棵白菜叼在嘴里。它原本是想将这白菜叼到外面去，找一个安全的地方再慢慢地吃，但回头一看，身后的几只羊正用贪婪的目光盯视着自己，于是立刻又改变了主意，索性将白菜放到地上用力咬了一大口，接着又咬了一大口。这时，它很可能感觉出这白菜里有一股奇怪的异味，抬起头愣了一下，但立刻就咯嘣咯嘣地嚼着一抻脖用力咽下去。这种叫奋乃静的镇静药我曾经听人说过，的确很苦，而且有一股说不出的味道。这只山羊此时一定感觉口腔里很不舒服，于是连忙又低下头去三口两口就将剩下的白菜全吃光了。

杨鸣始终坐在屋里，耐心地朝窗外看着。

又过了一会儿，这只山羊显然觉出哪里有些不对劲，于是慢慢转过身，就像喝醉了一样摇摇晃晃地朝门口走去。但只走出几步，身体一歪就倒在地上。

这天中午,我们从田里回来,一进门都吓了一跳。只见杨鸣浑身酒气,正蹲在地上摆弄着一只死羊。黄小毛立刻兴奋起来,问杨鸣是从哪里搞到的,说这下好了,下午剥了它,晚上就有羊肉吃了。但我看了杨鸣的脸色,却立刻有种不祥的预感。杨鸣在这个中午去常二捆那里请假,其实我们是知道的。但我们心里想的是,他先去也好,可以试探一下常二捆的态度,如果常二捆很痛快就批准了,我们再去也就有了把握。不过现在看来,显然事情没有这样简单。是啊,杨鸣垂头丧气地说,事情确实没有想象的这样简单。

我问,常二捆……怎么说?

他说今年麦子大丰收,所以无论谁,都不准以任何理由请假。

我和杜红听了相视一下,心里立刻都沉重起来。

如果真如杨鸣所说,那也就意味着,这次割麦子我们每个人都在劫难逃了。黄小毛也意识到事情的严重性,看看我和杜红,不再说吃羊肉的事了。就在这时,我突然发现,那只躺在地上的羊轻轻动了一下。杜红也看到了,立刻吓得倒退了一步说,呀,这东西还没死。杨鸣嗯一声说,它确实没死,只是睡着了,一会儿就会醒过来。这时我们已经猜到是怎么回事,院里那些散落的菜叶已经说明了一切。黄小毛压低声音说,还是先把它藏起来吧,孙羊倌儿发现丢了羊,一定会来找的。杨鸣想了想,从小药箱里翻出一卷医用胶布,就将这只羊的嘴严严实实地缠起来。杜红看了感到奇怪,问他这是干什么。我却立刻明白了,杨鸣是担心这只羊醒了会叫。羊的叫声虽然不大,却能传得很远,而且咩咩的非常难听。

我们商议了一下,就将这只羊抬到放粮食的库房里。

也就在这时,孙羊倌儿一脚踏进我们的院子。

孙羊倌儿走进来并没有立刻说话,只是低下头很认真地看了看散落在院里的菜叶,又绕到干草垛的后面去看了一下,然后才走到杨鸣的面前,盯着他说,黄毛不见了。

杨鸣若无其事地扫着院里的菜叶,说不会吧。

孙羊倌儿说怎么不会,就是不见了。

杨鸣抬起头说,黄毛刚回来,正躺在屋里。

孙羊倌儿满脸狐疑地看看他,立刻走到窗前,伸头朝屋里望了一下,果然看到黄小毛正躺在炕上。孙羊倌儿转过身,脸色难看地对杨鸣说,我说的不是黄小毛,是黄毛。这时黄小毛已经闻声走出来。黄小毛一向对孙羊倌儿把他的那只羊叫黄毛很反感,因为他的黄小毛叫起来有些绕嘴,我们平时就叫他黄毛。他曾经找到孙羊倌儿很认真地谈过此事,对他说,不要再把那只羊叫黄毛,这样容易造成混淆,同时也是对他的侮辱。黄小毛甚至威胁过孙羊倌儿,说如果他再这样叫,他就要不客气。但孙羊倌儿对黄小毛的威胁却并不在意,他对黄小毛说,他这样叫也是有道理的,因为这只羊浑身雪白,只在鼻梁上有一小撮黄毛,看上去非常的显眼。孙羊倌儿说不叫它黄毛,难道还叫它白毛不成。这时,黄小毛不动声色地走到孙羊倌儿的面前,问他找自己有什么事。孙羊倌儿并不想理睬他,又转身对杨鸣说,我现在警告你,这只羊可是生产队的集体财产。杨鸣听了一笑说,我知道是生产队的集体财产,可是,这跟我又有什么关系呢。孙羊倌儿说当然有关系,你刚才回来时,是见过黄毛的。

杨鸣说是吗，我见过吗。

孙羊倌儿说你当然见过。

杨鸣翻起眼皮问，我在哪里见过呢？

孙羊倌儿看一眼地上的菜叶，张张嘴却没说出话来。

杨鸣又心平气和地说，你刚才自己已经说过，你的羊从没进过我们的院子，更没吃过我们的干草和白菜，所以，你现在来我们这里找羊是没道理的。另外，杨鸣又说，我再提醒你一句，你的工作是为生产队放羊，现在羊丢了，你有不可推卸的责任，你还是抓紧时间快去找吧，否则天黑了，它说不定会被什么野物儿拉去吃掉呢。

孙羊倌儿被杨鸣说得张口结舌，脸上红一阵白一阵。

他又用力看一眼杨鸣，点点头说好吧。

然后，就转身走了。

这天下午，我们都已无心再去下田。割麦子的事就像一个巨大的阴影，一下将我们每个人的心头都笼罩住了。吃过午饭，杨鸣提议去挖田鼠。挖田鼠是一件很有趣的事，不仅可以开心解闷，还能为我们带来一些收益。其实挖田鼠最好的季节是在秋天。田鼠是一种计划性很强的动物，每到秋季，它们就开始忙着为过冬贮备食物。这时正值秋收，田里有各种粮食，因此也就为它提供了充足的食物来源。更有趣的是，田鼠的生活也很有条理，它们的洞穴就像人类，也分为若干个功能性房间，比如卧室、婴儿室、起居室、贮藏室以及卫生间等等，而且贮藏室里的粮食也分门别类，存放得井然有序。在挖田鼠时，首先要搞清楚它的洞穴结构，找准贮藏室。偶尔遇到规模庞大的家族洞穴，一次竟能起获几十斤粮食。这种粮食当然不能再食用。因为田鼠搬运粮食的方式很奇特，它们的两腮各有一个颊囊，要先将粮食吃到嘴里，装入颊囊，等回到洞穴再一点一点吐出来。所以，我们只用这些粮食去向当地村民换鸡蛋。当然，我们是不会说出这些粮食的来路的，不过即使说了也无所谓，当地村民并不在意这些。在这个下午，我们实在觉得无聊，就扛着铁锹一起去了田里。

挖田鼠说起来简单，其实也并非易事。它们的洞口一般都有很多，有的是真的出口或入口，也有的则只是用来迷惑人或其他动物的。在此之前，我们一直使用很笨的方法，就是往洞里灌水。但后来发现不行，这种方法只能把田鼠灌出来，洞里的粮食却无法再挖。接着我们很快发现，杨鸣竟有一种超人的本领。他的嗅觉异常灵敏，只要趴在几个洞口闻一闻，立刻就能判别出哪个洞里有田鼠，哪个洞里有粮食。在这个下午，我们原本只想挖些粮食，拿去村里换点鸡蛋，这样也可以为割麦子再筹备些副食。但来到田里，杨鸣却忽然改变了主意，想挖完粮食再捉几只田鼠。田鼠的性情一般都很暴烈，当它们发现自己辛辛苦苦弄回的粮食被人类挖走，用力一跳就会气死，即使没有被气死，也会疯狂地相互撕咬，以此来发泄对人类的仇恨。因此，这也是我们平时娱乐的一个项目，偶尔捉几只田鼠带回去，放到一个盆里欣赏它们撕咬。这些田鼠大都凶残无比，在面对自己的同类时决不嘴软，它们往往会相互咬得鲜血四溅，到最后甚至扯得七零八落。我们在这个下午没费多大气力就找到一个规模庞大的洞穴群。这显然是一个人丁兴旺的田鼠家族，就在一片麦田附近。杨鸣先趴在地上观察了一下几个洞口，又伸着鼻子到处嗅了嗅，就将一条布口袋罩住其中的一个洞口,又让我们分别把住另几个洞口,然后用力地向洞里吹气。田鼠一般都很怕风,一旦感到空气流动立刻就会顺着风向跑,这样一来也就都从杨鸣的那个洞口钻进了口袋。我发现,这只口袋很快就鼓胀起来,至少钻进几十只田鼠,里面一片吱吱的叫声。接着,我们在杨鸣的指挥下又挖开另一个洞口,果然是一间贮藏室。这一次收获很大,竟然挖出满满的一袋粮食,而且都是小麦。黄小毛笑着说,这些小东西,它们已经抢先收割了!

我们有了这样的收获,心情总算好了一些。

这天傍晚,我们将这些麦子和田鼠背回来,商议如何处置。杜红认为,现在还不能把粮食拿去村里换鸡蛋,因为麦收还没有正式开始,这时弄了这些麦子去会被村民怀疑,你说是从田鼠洞里挖出来的,可是谁又会相信呢,如果常二捆硬说是从麦田里偷来的怎么办,这种瓜田李下的事是无论如何都无法说清楚的。大家一听也觉得有道理,就先将这些麦子藏起来。接着,我们就开始准备让田鼠咬架。黄小毛将那只装满田鼠的口袋拎进屋里,又找来一只大一些的洗脸盆。但就在这时,我们听到一阵呜呜的声音。这声音并不很大,有些低沉嘶哑,似乎是什么动物憋着喉咙叫出来的。

黄小毛立刻说,是黄毛!

这时我也已经听出来,这声音确实是从库房那边传来的。于是,我们立刻来到库房。杨鸣轻轻打开门,果然发现黄毛已经醒了,它大概由于吃了过多的"奋乃静",看上去有些憔悴,两个下眼皮有了明显的眼袋。这时,它正站在一口装满粮食的大缸旁边扬起头用力叫着。它显然很不习惯这样的叫法,由于嘴被胶布牢牢封住，所以每叫一声，为使气息顺畅地从喉咙里出来就不得不抻长脖颈，这样一来也就只好把头高高地扬起来。但它的叫声确实很难听，有些让人不寒而栗。这时，它回头发现我们进来立刻就不叫了，一边向后退缩着，眼里露出惊恐的目光。

黄小毛冲它笑着说，你终于醒啦？

黄毛睁大两只乌黑的眼睛，用力瞪着他。

黄小毛又说，你不知这是什么地方吧？

黄毛扬起头，呜地又叫了一声。

这时杨鸣走过来，嘟嘟囔囔地说，你不是爱吃我们的白菜吗，其实还有好东西呢，今天就让你吃够了。他一边说着就将一根手指粗细的麻绳套在黄毛的脖子上，然后将它牵来刚才的房间。这时黄小毛已做好一切准备，又将那些捉来的田鼠分到两个口袋里，然后兴致勃勃地放到杨鸣面前说，每个口袋里是二十八只，大小都有搭配，你先挑一个吧。杨鸣看也没看就拎过其中的一个口袋。但他刚把手伸进去，立刻被里面的田鼠狠狠咬了一口。他抽出手放到嘴里吸吮了一下，然后才又小心地伸进去，抓出一只田鼠放进盆里。

黄小毛看看他，也从自己的口袋里抓出一只田鼠放进来。

他抬起头问，还是，老规矩？

杨鸣点头嗯一声，说老规矩。

杨鸣和黄小毛所说的老规矩，是指让田鼠咬架的规则。他们以往的规则是这样的，双方各抓出一只田鼠放在盆里撕咬，直到角出胜负，将被咬败的一只抓出来当场摔死。这时，被放进盆里的两只田鼠显然已在口袋里闷得晕头转向。可以想见，它们在这样一个风和日丽的下午原本好端端地待在自己的洞里，而且到处洋溢着丰收的喜悦,却突然莫名其妙地就被赶进一只这样的口袋,而且辛辛苦苦收来的麦子也都被挖走,家园遭到毁灭性的破坏。它们的心里一定怒火中烧。所以这时在盆里一见面,立刻就像两个角斗士似的怒目相视,接着吱地大叫一声就同时冲上来咬到一起。田鼠的撕咬声虽然并不大,却极为惨烈,听起来简直惊心动魄。黄小毛的那只田鼠体魄明显健硕一些,因此很快就占了上风,它突然张开锋利的牙齿一口咬住杨鸣这一只的脖颈,然后猛一低头,又狠狠一拧,只听噗的一声,一股鲜血立刻喷溅出来,有一缕还飞到了盆外。与此同时,我们突然听到身后咕隆一响。回头去看,才发现黄毛已经跪在了地上。它显然从未听到过如此骇人的惨叫声,更没见过这样血腥的场面。这时,它试图重新站起来,但两条前腿一直在不停地发抖,看上去已经没有了一点气力。

黄小毛得意地抬起头,看着杨鸣。

杨鸣绷紧嘴唇,从盆里抓起那只被咬败的田鼠啪地摔在地上。这只田鼠叫也没叫一声,两条后腿一蹬就不动了。接着,杨鸣又转身揭掉黄毛嘴上的胶布,掰开它的牙齿,突然从地上抓起那只死田鼠就塞进它的嘴里。黄毛绝没料到杨鸣会这样做,在它仅有的一点记忆中只知道吃草的味道,最多也就是再吃一些菜叶,现在嘴里突然被塞进这样一团软囊囊而且味道奇怪的东西,顿时有些不知所措。它拼命挣扎着扭头,呜呜地叫了两声,一用力就将这只可怕的死田鼠从嘴里甩出来。杨鸣看它一眼,转身又从口袋里抓出一只田鼠。这只田鼠比前一只更瘦小,虽然一放进盆里也是龇牙瞪眼,一副怒气冲天的样子,却立刻被这盆里浓重的血腥气熏得愣了一下。而此时黄小毛的这一只也已经咬红了眼，用力一蹿就扑过来。杨鸣的这只小田鼠显然头脑灵活一些，看出自己不是人家的对手，一转身就撒腿拼命逃窜。但它并没意识到这是在一只盆里，无论跑得多快也只是在盆底一圈一圈不停地转。而黄小毛的这一只却突然出人意料地改变了方向，猛地掉转头又向回跑，就这样，一口咬住了这只小田鼠的喉咙。但这只田鼠毕竟太小了，只被它轻轻一甩就从盆里飞出来。杨鸣看着这只小田鼠在地上跌跌撞撞地跑了两步，突然抓起来一转身又塞进黄毛的嘴里。这一次的问题就有些严重了。黄毛感觉到，这只被塞进自己嘴里的东西竟然还在不停地乱爬，而且无论怎样努力都无法将它吐出来。而此时的这只小田鼠也已在黄毛的口腔里彻底转了向，它感觉就像是进了一间桑拿浴室，不仅热气腾腾，而且到处都是湿乎乎的，也就在这时，它突然发现了一条通道，于是看也没看就纵身一跃朝下跑去。但它做出的却是一个极其错误而且危险的选择，这当然并不是什么通道，而只是黄毛的喉咙。它这样朝里面一跑，黄毛立刻忍无可忍，于是呜地大叫一声就将这只小田鼠重新呕回到嘴里，接着上下牙齿又本能地一嚼。它嚼的这一下用力很大，只听咔嚓一声，这只小田鼠的身体立刻被咬破了，一股血和汁液顿时流满了整个口腔。黄毛突然有了一种异样的感觉，就像是喝了一口烈性烧酒，精神猛然一振，浑身仍被"羟哌氯丙嗪"麻痹着的神经也随之兴奋起来。它还从没尝过味道如此奇妙的食物。它搞不明白，自己嘴里这个奇怪的软东西究竟是什么。于是，就又试着嚼了一下，接着又嚼了一下。它很快发现这个软东西的确很好吃，而且还有一些韧性，就像是口香糖一样越嚼越有味道，于是索性就连续不断地大嚼起来。黄小毛立刻睁大两眼，伸过头来很认真地看看黄毛，又扒开它的嘴朝里面看了看,然后回头瞪着杨鸣。

这家伙……它把老鼠给吃了?!

杨鸣显然也没料到竟会是这样。这时,他正目不转睛地盯着黄毛。此时的黄毛已将那只田鼠彻底咽下去。它甚至还伸出舌头,意犹未尽地舔了舔自己的嘴唇。

杜红也惊愕地说,它……它是一只羊啊,怎么能吃老鼠?!

杨鸣没说话,又从口袋里抓出一只田鼠。但这一次,他没再把这只田鼠放到盆里,而是直接举到黄毛的面前。这只田鼠似乎已经预感到什么,一边在杨鸣的手里吱吱乱叫,四条腿拼命挣扎着来回乱蹬。杨鸣试探着将它举到黄毛的嘴边,想看一看它是否还会吃到嘴里。但黄毛显然被这只挣扎的田鼠吓着了,连忙把嘴躲开,又向后退了一步。

这真是一个令人愉快的傍晚。我们玩得很开心,几乎已将割麦子的事完全忘记了。但杨鸣的头脑仍很清醒。他看一看外面的天色就拿出胶布又将黄毛的嘴重新缠起来。他说这件事不会就这样算完的,孙羊倌儿发现黄毛不见了,一定会到处找的。

杨鸣果然没有说错。天黑以后,我们正吃晚饭,孙羊倌儿就来到我们集体户。我们见到孙羊倌儿的样子都吃了一惊,他一定是为寻找黄毛跑过很多地方,看上去疲惫不堪,好像还在哪里跌了一跤,脚上满是泥水,一条裤腿也扯开一条很长的口子。他一进来突然愣了一下,耸起鼻子闻了闻,接着两只浑浊的眼睛就倏地亮起来。

他问,你们……在吃煮肉?

我们确实正吃煮肉。但我们煮的并不是羊肉,而是大雁肉。

黄小毛有一支制作精良的弹弓，**手柄是一种猛禽的胸骨，皮筋是**医生听诊器上的胶管。这支弹弓不仅拉力强大，据黄小毛说，用起来也非常的得心应手。黄小毛打弹弓几乎弹无虚发。每当我们想改善一下伙食，就指望他用这支弹弓去打猎。我们这一带是大洼地区，水源很充沛，不仅河道纵横，湿地也很多。因此每到春季，各种鸟类就会聚集到这里。黄小毛打弹弓很讲究，要用小孩子玩的那种玻璃球，这种玻璃球的杀伤力可想而知，但成本也很高，因此，一般的飞鸟他是不屑打的，只打野鸭鹭鸶或大雁一类的大型飞禽。在这个下午，我们从田里挖田鼠回来的路上，黄小毛又乘兴打下两只很肥的大雁，所以这天晚上，我们的餐桌上也就显得很丰盛。孙羊倌儿听说我们煮的并不是他的黄毛，而只是两只大雁，立刻有些失望。但他并不肯轻信，又走过来伸头朝桌上看了看。这时我们的餐桌上已狼藉了很多啃过的骨头。但这些显然不是羊骨。因为羊骨都是粗而短，而我们桌上的却细而长，一看就知道，应该都是禽类的尸骨。杨鸣抬起头看一眼孙羊倌儿，不动声色地说，也来喝一杯吧。

孙羊倌儿立刻摇摇头。他这时当然没心思喝酒。

他想了一下，忽然说，其实……你们误会了。

我们有些奇怪，立刻抬头看看他。

他又说，你们一定以为，我是来找黄毛的。

黄小毛问，怎么，难道不是吗？

当然不是。孙羊倌儿说，我是来向你们道歉的。

道歉？

我们几个人相互看了看，又都回过头去看着孙羊倌儿。

孙羊倌儿的样子很诚恳，**他对杨鸣说，今天中午，是我骗了**

你，我的羊确实跑进你们的院子，不仅偷吃了很多干草，还啃了你们的白菜。

杨鸣立刻笑了，摆摆手说没有，没有这回事。

孙羊倌儿张张嘴，看看杨鸣。

杨鸣说，白菜是我自己吃的。

你……自己吃的？

当然是我自己吃的，杨鸣说，我这一阵天天吃咸菜，实在有些馋了，今天中午就趁他们不在熬了一锅白菜，吃完之后又故意做成被你的羊啃过的样子，这件事我已经向他们承认过错误，他们也原谅我了。杨鸣一边说，又回过头来看看我们。我们尽管都没反应过来，不知杨鸣这样说究竟是什么意图，但还是立刻沿着他说的方向朝孙羊倌儿点点头，表示杨鸣说的确有其事。事后杨鸣告诉我们，孙羊倌儿在这个晚上来向我们道歉，其实用心是很险恶的，他首先承认自己的羊偷吃了我们的干草和白菜，只要我们一承认，也就等于承认了他的羊曾经来过我们的院子，接下来也就可以理直气壮地向我们要羊了。杨鸣说，也正因为他看穿这一点，所以才矢口否认那些羊来吃过我们的菜。但在这个晚上，孙羊倌儿并没有立刻要走的意思，他索性在我们桌前坐下来，说这一下午找羊也够累了，喝一杯就喝一杯。我们立刻被他身上散发出的腥膻臊臭熏得皱起眉头。杜红沉了一下，婉转地对他说，你还是……不要喝酒了，赶快去找你的羊吧。黄小毛也说是啊，如果再不找就更危险了。孙羊倌儿已经看出我们并没有真心请他喝酒的意思，于是讪讪地站起来说，其实他为生产队看管这几十只羊也很不容易，每天起早贪黑，挣的工分却很少。他苦着脸说，一天只有八工分啊，还不及一个壮劳力，现在分值这样低，

089

一个工分才五分钱,干一天只能挣四角钱,如果再丢一只羊,至少要赔生产队二十多元,那就等于两个月白干了。孙羊倌儿一边这样说,还用力挤了挤那两只浑浊的烂眼。杨鸣说是啊,所以我们才劝你赶紧去找,羊这东西不像狗,一旦走丢了自己是不会回来的。杨鸣一边这样说着就站起来,做出向外送他的意思。但就在这时,突然从库房那边传来呜的一声。这一声立刻引起孙羊倌儿的注意。

他很认真地听了听,问,这是……什么声音?

杨鸣并不回答,已经半推半送地将他拥到门口。

孙羊倌儿仍然很用力地侧起耳朵。但他只顾外面,却没有注意到脚下,刚一迈腿只听吱的一声。他立刻吓得跳起来。低头看一看,才发现是踩到了一只鼓鼓囊囊的口袋,而且这口袋里还在一下一下地动着。他蹲下身去,用手轻轻捅了一下问,这里面……是什么?

杨鸣不动声色地说,没什么。

孙羊倌儿说没什么,没什么这里面怎么还在动?

杨鸣拍拍他的肩膀,这跟你没关系,还是去找你的羊吧。

孙羊倌儿盯住杨鸣,突然说,我要看一看这只口袋。

杨鸣说,我已经对你说过了,这跟你没关系。

孙羊倌儿慢慢拨开杨鸣的手,又蹲下身去。

他说,我一定要看一看。

杨鸣问,你非要看?

孙羊倌儿说,要看。

好吧,杨鸣点点头,说可以。

杨鸣一边这样说着就将扎在口袋上的绳索解开,然后对孙羊倌儿说，你可以伸进手去摸一摸，只要一摸就知道是什么东西了。孙羊倌儿似乎有些迟疑，但又很认真地看了看杨鸣，然后皮笑肉不笑地说，我知道黄毛不会在这里面，我只是……嗯……有些好奇。他这样说着就伸进手去，摸了一下，皱皱眉头，接着又摸了一下。突然，他哇地大叫一声抽出手，身体也随之跳起来，然后瞪着杨鸣嚷道，你……你弄这些老鼠来干啥？！

杨鸣笑笑说，我已经说过了，这里面的东西跟你没关系。

孙羊倌儿没再说话，转身气哼哼地走出门去。但是，就在他来到院子里，走过前面一排房子时，突然一伸手就推开了库房的门。当时谁都没有料到他会这样。杨鸣的脸色立刻变了。但是，孙羊倌儿探进身去，拉亮电灯，抻着脖颈朝屋里看了好一阵却并没发现什么。他悻悻地缩回身来关上门，又回头对我们说了一句，看来这东西真是跑丢了，如果你们看到它，一定替我捉住，我会好好谢你们的。然后就朝院子外面走去。

我们送走了孙羊倌儿连忙又来到库房。这显然是一件不可思议的事情。就在刚才，我们明明将黄毛关进这间库房，为什么孙羊倌儿没有发现呢。我们推门进来，在屋里四处寻找了一阵，才发现黄毛竟躲在门后的角落里，正悠闲地卧在地上为自己啃痒痒。

关于这件事，一直是一个谜。我们始终搞不明白，在这个晚上，当孙羊倌儿来库房寻找黄毛时，它完全可以让他发现自己，然后趁机被营救出去。但它却没有这样做。它反而把自己藏在了门后。它当时这样把自己藏起来究竟是出于什么目的呢？

黄小毛说，也许它还想吃田鼠，所以才不愿被救出去。

黄小毛的话似乎有些道理，却让我们不敢相信。

在这个晚上,我们喝了很多的酒。用黄小毛和杜红的话说,能成功地骗过孙羊倌儿,也就意味着黄毛已经属于我们。这让我们兴奋不已。当然,我们留下黄毛并不是为了吃肉,至少暂时还不想吃它。我们只是觉着好玩。山羊竟然也能吃老鼠,如果不是亲眼所见,恐怕谁都不会相信。杨鸣的情绪也明显好起来。后来他啃着一只大雁的翅膀,忽然笑了。

黄小毛和杜红看看他,问他笑什么。

他说,你们听说过杀鸡给猴看的事吗?

这是一个并不生僻的成语,我们当然都听过。

但他又问,具体是怎么一回事,你们知道吗?

他这样一问,还真把我们都问住了。我们是恢复高中教育的第一届,当时学制还是两年,而这两年里又只有第一年是坐在教室里上文化课,第二年则几乎都在工厂参加学工劳动,如此短暂的学习时间,老师自然不会为我们讲什么杀鸡给猴看的事。杨鸣告诉我们,过去在南方的山林里,野猴都很机警,无论下绳套还是用别的方法都无法捉到它们,后来就有人想出一个办法,先弄来一只活鸡,让它们看清楚,然后一刀割断鸡脖子。猴子们一见鲜血四溅立刻都吓得用手捂住眼,这样就可以将它们一只只捉进笼子。我们听了觉得有趣,一下都笑起来。黄小毛忽然有些明白了,问杨鸣,是不是也想用这个办法吓一吓黄毛。我和杜红也都来了兴致,当即表示赞同。杨鸣笑了笑,就去库房把黄毛牵过来。这时黄毛已经无精打采,它刚刚吃过两只田鼠,又被我们连惊带吓地折腾半天,看上去已有些困倦。但它一进来,看到地上那两只装着田鼠的口袋,两眼立刻又倏地亮起来。这时黄小毛已从外面找来一把柴刀和一块木板。杨鸣先从口袋里抓出一只田鼠。拎着尾巴在黄毛的眼前晃了晃。这是一只很肥的硕鼠，显然在家族中有些辈分，看上去眉眼和唇边的胡须都已有些发白，这一来也就显得尾巴更细，被杨鸣拎着一晃，立刻就像一只钟摆似的来回摇动起来。黄毛先是有些好奇，它大概还没搞清楚自己刚吃下去的究竟是什么动物，于是便凑过来，歪起头很认真地看了看。杨鸣等它看清楚了，就将这只田鼠放到木板上，接着突然举起柴刀咔嚓一声就将它拦腰剁成两截。由于他剁的速度极快，这只田鼠并没有立刻就死，它的两只前爪还拖着上半截身体向前爬了几下，后半截也在原地不停地打转。接着，腹腔里的脏器一下就都汹涌地流出来。黄毛立刻睁大两眼，一下僵在了那里，它显然从没见过如此恐怖的场面，跟着稀稀哗哗地一阵水响，就有一股尿液从底下流出来。杨鸣看看它，又从口袋里抓出一只田鼠。这一次他没再拎田鼠的尾巴，而是将它放到地上。这只田鼠已被吓得魂飞魄散，哆嗦着刚爬出几步，杨鸣突然又抓起它放到木板上，咔的一刀剁成两半。黄毛终于站不住了，身体就像融化了似的一点一点瘫软下去，然后一歪就倒在地上。

　　杨鸣回过头，朝黄小毛示意了一下。

　　黄小毛立刻明白了，于是走过来，掰开黄毛的嘴。杨鸣拎起半截血淋淋的死田鼠就放进它的嘴里。黄小毛为了防止它吐出来立刻又将它的嘴合上了。但令人没想到的是，黄毛却并没有要吐的意思。它的眼球微微动了动，嘴里轻轻咀嚼几下，似乎渐渐缓过气来。那半只田鼠在它的口腔里显然流出了更多的东西，我甚至看到，它的脖颈还用力地蠕动了几下，好像是将一些汁液吞咽下去。接着，它打了一个滚儿就站起来，将身上的毛抖了抖，嘴里越发啧啧有声地大嚼起来。但山羊毕竟是食草动物。我曾在一本书上看到过，食肉动物与食草动物虽然同属哺乳纲，但牙齿却有很大区别，食肉动物的牙齿一般都很锋利，这是专门用来切割食物的，而食草动物却没有，它们只有咀嚼草根的板形齿和臼齿。所以，黄毛这时在咀嚼这半只田鼠时就显得有些吃力，上下两排板形齿和臼齿像个老人似的磨动着，甚至还有一些口水流淌出来。但黄毛却连这些口水也不舍得放过，一边咀嚼着用力向回吸吮，这就使它的嘴里发出一阵吸溜吸溜的声音。终于，它扬一扬脖子，将这半只田鼠咽下去。杨鸣看看它，就又拎起另半只田鼠举到它的面前。不过这一次不用黄小毛再去掰它的嘴，它自己就主动伸过头来，轻轻一叼将那半只田鼠吃到嘴里，然后熟练地嚼了嚼咽下去。

就这样，这几块碎田鼠很快都被黄毛吃光了。

直到这时，我们仍没觉出事情有什么不对劲。

第二天上午，常二捆突然来到我们集体户。他显然是要去下田，手里还拎着一杆锄。他并没有直接说出来意，只是问我们为什么不去下田。黄小毛说，眼看快开镰了，我们要做一些准备。常二捆问做什么准备。黄小毛说，磨一磨镰刀，拴一拴扁担，还要养精蓄锐。常二捆一听脸色就难看下来，说磨一磨镰刀拴一拴扁担还可以，养精蓄锐有这个必要吗，眼下离开镰还要有几天，如果大家都像你们这样养精蓄锐，田里的高粱玉米还耪不耪了，别的农活还干不干了？这时杨鸣就走过来，面无表情地对常二捆说，我们昨晚一直在说话，所以睡晚了。常二捆回头看看他问，说什么话，这样晚？杨鸣说，我母亲病重，你又不准我假，他们都来安慰我。常二捆一听脸上立刻有些不自然，但咳了一下又正起颜色说，我不准你假也是村里决定的，不光是你，从现在开始任何人都不准请假。

杨鸣听了翻一翻眼皮，没再说话。

杨鸣的眼睛有些特殊，眼白比一般人要大，黑眼球却很小，所以当地村民都叫他死羊眼。这时，他又翻了一下死羊眼就转身进屋去了。

常二捆立刻叫住他，说等一等，我还有事要问你。

杨鸣站住了，慢慢转过身，问常二捆还有什么事。

常二捆说，你听说了吗，昨晚，村里丢了一只羊。

杨鸣一听就笑了，说村里丢羊，跟我有什么关系吗？

常二捆嗯嗯了两声说，也许没关系，但也许有关系。

杨鸣又翻了一下死羊眼，说这话怎么讲？

常二捆说很简单，据说这只羊，昨天下午来过你们这里。

杨鸣说是吗？它来过吗？

常二捆摇摇头，说你这样说话就不对了，你这样说话，我就要怀疑你跟这件事真有什么关系了。常二捆说，昨天下午的事孙羊倌儿都已告诉我了，有几只羊溜进你们集体户来偷吃白菜，只有你一个人看到了，当时你还去找孙羊倌儿理论，现在怎么又不承认了呢？杨鸣又翻一下眼皮说，想起来了，好像有这回事，可是这又能说明什么呢？就因为那几只羊偷吃了我们的白菜，你就要怀疑我吗？杨鸣这样说着，忽然又微微一笑，你常队长的家是在村外，你每天回家都要经过麦田，如果那片麦田里丢了麦子就说跟你有关，或者干脆认定就是你偷的，你会答应吗？常二捆立刻被问得张口结舌，支吾了一下才说，好了好了，咱们不用再绕弯子了，直说吧，丢的这只羊如果是一只普通的羊，也就算了。杨鸣立刻打断他，说你这话不对，羊是生产队的集体财产，哪怕是丢一只普通的羊也不能随随便便就算了。常二捆被杨鸣的话呛了一下，喉咙里发出哏儿的一声，挥挥手说好吧好吧，我的意思是说，丢的这只羊很重要，它虽然不起眼，却是生产队刚引进的新品种，将来它的骨架比一般羊都要大，而且上膘快，生长期也短，如果真被谁偷了去，那可就不是一般的偷窃行为了。

常二捆这样说罢，又意味深长地盯住杨鸣问，我的意思，你明白吗？

杨鸣说不明白。

常二捆说，不管你是真不明白还是装不明白，我事先已经提醒过你了。然后就又向前逼近一步，说，现在我再问你一遍，那只羊，你究竟看到过没有？

杨鸣说没有。杨鸣说，我已经说过了，我从没见过这只羊。

好吧，常二捆点点头，转身对我们说，你们大家都听到了。

我们几个人相互看了看，又眨着眼看看常二捆，都没说话。

常二捆在鼻孔里哼了一声，就转身走了。

直到这时，我们才真正意识到这件事有些麻烦了。常二捆这次来的目的显而易见，其实我们下不下田并不重要，生产队里所有的壮劳力都去耪大田作物了，少了我们几个人是无所谓的事情，他来的真正目的就是寻找黄毛。但杨鸣却对此事矢口否认，这一来也就使我们陷入骑虎难下的境地。换句话说，即使我们哪天想改变主意，也无法再将黄毛送回去了。

也就在这时，杨鸣突然想出一个主意。

他先让黄小毛去把院门关紧，然后牵出黄毛，又找来一把推子。推子是一种专门用来为男人理发的工具。这种工具在今天已不多见，它的原理与剪刀相似，但由于安装了弹簧，用起来也就比剪刀更省力。那时还没有美发厅或理容院，尤其在集体户里，我们大家都是相互用这种推子理发。杨鸣的理发技术一向最好，他的手里有一套很精良的理发工具。这时，他蹲到黄毛跟前，就开始用推子为它剃身上的羊毛。我们立刻明白了他的用意，他是想将这些剃下的羊毛扔到村外去，搞出一个黄毛被什么野物吃掉的假象，这样一来常二捆和孙羊倌儿都死了心，也就不会再来找我们的麻烦。杨鸣的理发技术这一次得到了充分的发挥。他很快就将黄毛身上剃得干干净净。黄小毛为了做得更逼真，还特意找来一些猪骨。但猪骨显然与羊骨有些区别，我们经过认真筛选，最后挑出几块勉强与羊骨相像的，连同那些羊毛又蘸了一些田鼠的血迹，就趁着村外没人扔到一条水渠的旁边。

但是，在这个上午，我们从村外回来时却又发现了一个新问题。原来羊是披惯一身皮毛的，尽管山羊的毛比绵羊要短，但突然被剃光也很不适应，这就像一个人穿惯衣服却突然被剥得精光，不仅不舒服也会冷得无法忍受。这时，我们看到黄毛蜷曲在角落里，浑身上下不停地瑟瑟发抖。杨鸣想了想，就从炕上拽下他的狼皮褥子。杨鸣的这条狼皮褥子其实就是一张很完整的狼皮，连头部的耳朵鼻子和嘴都很完好，倘若铺在炕上，一眼看去简直就像一只狼活脱脱地趴在那里。他的这张狼皮还是他父亲传给他的。据说他父亲当年曾是东北抗联的一名骑兵战士，最善使用马刀。后来他跟随部队开到中蒙边境，配合苏联红军抗击日本侵略者。当时与他们并肩作战的是苏联的一支哥萨克军队，这支军队是由白匪改编的，因此军纪很差。一次一个哥萨克上尉正要强奸当地的一个蒙古族妇女,被杨鸣的父亲撞见了。杨鸣的父亲上前劝说,却被这上尉一枪打在皮帽子上。杨鸣的父亲大怒,当即抽出马刀砍掉了这个上尉的一只耳朵。但从此以后,这个哥萨克上尉竟跟杨鸣的父亲成了生死之交,不仅并肩作战还经常在一起喝酒。后来这个哥萨克上尉要回国去了,临别时就送了杨鸣的父亲这张狼皮。这个哥萨克上尉显然是一个梳理兽皮的高手,不仅将这张狼皮剥得很完整,也处理得非常柔软。现在三十年过去了,皮毛仍然蓬松油亮,看上去栩栩如生。杨鸣曾经告诉我们,这是一只草原狼。据他父亲说,草原狼与山狼不同,山狼由于道路崎岖,经常蹿蹦跳跃,身形都很矫健,而草原狼生长在相对平坦的地域,加之各种食物充足,因此也就比较肥壮。这时,杨鸣拿过这张狼皮就包裹在黄毛的身上。黄毛立刻感到暖和了一些,渐渐也不再发抖了。

黄小毛在一旁看着黄毛,忽然笑了。

他问我和杜红,你们看,它像什么?

我已经发现了,黄毛披上这张狼皮,看上去就像是一只怪异的动物。

杜红也点点头,说样子确实很怪,不知道的乍一看,能吓人一跳呢。

事后杨鸣告诉我们,当时就是我们的这几句话才一下提醒了他。

在这个上午,他突然盯住裹着狼皮褥子的黄毛,看了一阵,就去取来一把剃刀。这是一把老式的剃刀,专门用来给人刮胡须的,刀锋约有三寸长,木制的刀库恰好是手柄,看上去非常的应手。杨鸣打开剃刀,先用拇指试了试,然后就开始在黄毛的身上轻轻刮起来。黄毛身上的羊毛已被推子推掉,只剩了一层很短的毛茬,这时再这样被剃刀一刮,立刻就露出里面的肉皮。我们发现,它的肉皮竟是粉红色的,还有一些弯弯曲曲的毛细血管纵横交错,看上去就像人的皮肤。但杨鸣毕竟是第一次刮这种羊皮,手头不太有准,因此在刮到角落或凹陷处时就难免有些失误,等将黄毛的全身刮净,竟有许多处渗出血来。这时我们忽然都愣住了。我们没有想到,把一只山羊的身上刮净皮毛竟会这样难看。

杜红也笑起来,指着黄毛说,你们看,它像不像一只大老鼠。

我倒并没觉出它像老鼠。我发现,它这时的样子更像是一个被剥得精赤条条的人。接下来就又遇到了问题。尽管这张狼皮很柔软,但如何才能将它固定在黄毛身上呢。杨鸣首先想到的是一个最原始也最残忍的办法,他索性用剃刀在黄毛的身上割开很多口子。黄毛立刻疼得哆嗦起来。但试了试显然不行,伤口流出的血虽然黏稠,却还不足以将这张狼皮粘在身上。就在这时,黄小毛突发奇想,转身跑去库房找来一堆猪皮鳔。这些猪皮鳔还是村里的木匠为我们集体户修建房屋时剩下的,已经有很长时间。那时还没有化学性的胶水,在做木器家具或盖房固定木结构时,就多使用这种传统的猪皮鳔胶。这种用猪皮熬制的鳔胶黏性很大,倘若将两根木料粘在一起,待干透以后,即使从别的地方断裂黏合的地方也不会开胶。我突然明白了黄小毛的用意,把猪皮鳔刷在黄毛的身上,再将狼皮粘上去,这真是一个天才的想法。杨鸣对黄小毛的这个办法也很欣赏。他立刻让杜红找来一只小铁桶,然后在院子里架起几根木柴,没过多久,就将猪皮鳔熬成一桶黏稠的鳔胶。

黄小毛用手试了一下，满意地点点头，说果然很黏。

但是，我们事先都没想到，刷猪皮鳔对于黄毛来说却是一个极为痛苦甚至可怕的过程。熬化的猪皮鳔必须趁热才能使用，否则一凉就会凝结，但将滚烫的猪皮鳔刷在身上，那感觉让人想一想都会不寒而栗。杨鸣为了防止黄毛嚎叫，又将它的嘴用胶布缠起来。他在为它的身上刷猪皮鳔时娴熟得就像一个油漆匠，无论黄毛被烫得怎样痛苦地扭动身体，他的刷子始终没有停下来。最后一直刷到黄毛的屁股，刷完最后一刷子，他才轻轻吐出一口气。与此同时，黄小毛也已将那张狼皮的里面刷好了鳔胶。刷了鳔胶的狼皮显得热气腾腾，也更加柔软，杨鸣在我们的帮助下将这张狼皮小心地拎起来，然后就一点一点地粘在黄毛的身上。这显然曾是一只非常剽悍的雄狼，体型很健壮，但黄毛的身材却瘦小了一些，这样披上这张狼皮就显得有些松松垮垮，像是穿了一件很不合体的裘皮大衣。而且头部也有些问题。这张狼皮的头部虽然完整，两只眼睛的地方是两个洞，刚好在黄毛两眼的位置，但黄毛的头上还顶着两只犄角，这就不太好处理，狼是从不长角的，披了一身狼皮的黄毛再顶着两根一寸多长的犄角，看上去就有些滑稽。好在这张狼皮的头部也相对大一些，杨鸣索性将两只狼耳包在犄角上，这样一来耳朵恰好也就直挺挺地竖起来，反而更增添了几分威风。杨鸣做完这一切，就用一些布条将黄毛的全身缠起来。他说这样会起到固定作用，使狼皮在它的身上黏合得更加充分。此时黄毛也渐渐安静下来。它身上的猪皮鳔已开始凝结，因此不仅不再灼热，反而还有了一些暖意。直到这时，我们也才都松了一口气。

问题也就是从这时开始的。我们为黄毛的身上粘贴狼皮，原本是想让它暖和一些，就像为它增添一件御寒的衣服。但在这个下午，当我们再次把它从库房里牵出来时却意外地发现，它竟然真有了几分狼的样子。这个发现不仅让我们觉得有趣，也立刻兴奋起来。黄小毛先去院子的外面看了看，然后闩紧大门，就将黄毛放到院子里。黄毛立刻被外面的阳光刺得眯起眼。它在院里来回走了几圈，先是不停地扭动身体。这身皮毛粘在它的身上的确有些大，看上去很臃肿。它自己也显然对这身新的毛皮很不适应。此时它心里一定很奇怪，自己怎么会一下被搞成了这副怪样子。黄小毛从屋里抱出一面锦镜。这面锦镜还是我们当初下乡插队时，临行前学校赠送的，这时用红漆写在上面的字迹已有些斑驳，但镜子本身仍很明亮。黄小毛来到黄毛跟前，将这面镜子竖到地上。黄毛从镜子里看到自己，突然吓得倒退了一步。它长这样大当然还从没见过狼，它只是觉得，自己这样子本身就有些可怕。但是，我发现，它又在镜子的前面照了一阵，接着又来回走了走，突然就仰起头来。这时缠在它嘴上的胶布虽然已被揭掉，但大概已经习惯了这两天的叫法，于是张开嘴，又冲着天空"呜——"地叫了一声。它的叫声立刻把我们都吓了一跳，我们感觉它这一声真是叫得太像了，也太贴切了，就像我们穿着褪了色的绿军装高唱"革命青年，志在四方"一样贴切。也就在这时，黄毛大概由于放松下来，扑哧一声又屙出一摊粪。黄小毛低头看了看，突然瞪起眼说，这东西……它拉的不是粪球，是……是粪条！我和杨鸣立刻走过来，蹲下身观察了一下。果然，黄毛屙出的已不像羊粪，羊粪都是球状的，看上去很像小孩子们玩的那种玻璃球。而这时黄毛拉的却是一条一条的，有些像人粪，如果再细看，里面竟还有一些老鼠的毛皮和没有消化的碎骨。这时黄毛的神情也开始放松下来，它已适应了这身毛皮。很可能也意识到这身新毛皮的意义。于是挺起胸，昂起头，连走路的姿态也有了几分神气。杨鸣又看看它，就从屋里拎出那只装着田鼠的口袋。口袋里的田鼠被闷了这样长的时间，又相互拥挤相互踩踏，叫声已明显微弱下去。但黄毛听到这叫声顿时精神一振，接着就用两眼盯住这只口袋。

　　杨鸣从口袋里抓出一只田鼠，试着放到地上。这只田鼠已经很虚弱，在地上踉踉跄跄地爬了几步就有气无力地站在那里。也就在这时，黄毛做出了一个让我们大家都感到意外的举动，它慢慢走过去，竟然一口就将这只田鼠叼到嘴里。它这一次已叼得很娴熟，为了咀嚼充分，还不停地将这只田鼠在嘴里变换着位置，接着一仰脖就咽了下去。我们都没有说话，只是惊愕地瞪着它。杨鸣又掏出一只田鼠。这只田鼠看上去要欢实一些。但是，杨鸣刚刚将它放到地上，让它跑了几步，黄毛立刻就扑上去。但黄毛还是扑得笨拙了一些。它毕竟是一只偶蹄动物，没有食肉动物的那种利爪，所以在扑食的时候由于巨大的惯性两只前蹄就向前滑行了一下。而那只田鼠则趁机在它的两蹄之间钻了出去。黄毛一下被激怒了，立刻又追上去，就在跳到那只田鼠跟前的一瞬，它的一只前蹄无意间将田鼠踢了一下。那只田鼠立刻像个软塌塌的皮球骨碌碌地被踢出很远。这一来反而引起黄毛的兴趣，它跟着追过去又踢了一脚。那只田鼠刚刚爬起来，还没缓过神就又被踢了出去。黄毛就这样跟在后面不停地将这只小田鼠踢来踢去，直到踢得它一动不动了，才意犹未尽地叼起来一口吃掉了。

　　这真是一个有趣的游戏。在这个上午，我们就这样将一只只田鼠放出来，然后看着黄毛去追逐，再像玩一只皮球似的踢来踢去，直到最后将被踢得晕头转向的田鼠一口吞到嘴里，再津津有味地嚼着吃掉。黄毛越玩兴致越高，脚下也更加熟练。后来还是黄小毛提醒才让它停下来。黄小毛说，吃肉毕竟不像吃草，多了会消化不良。

杨鸣的办法果然开始奏效。几天后的一个傍晚，孙羊倌儿在水渠边发现了那堆羊毛和猪骨。他一眼就认出那些羊毛是黄毛的，跟着也就认定猪骨一定是羊骨。孙羊倌儿先是感到很吃惊，搞不清楚他的黄毛怎么会被吃成这样，他惊恐地朝四周看了看，就赶起羊群跌跌撞撞地回村来找常二捆。常二捆在这个傍晚正召集几个副队长开会，部署开镰收割小麦的具体事宜。孙羊倌儿一步跌进来，上气不接下气地说这回完了……彻底完了，不知给什么野物儿吃掉了，只剩……只剩一堆烂骨头了。常二捆被孙羊倌儿这几句没头没脑的话说得一愣，然后就有些不高兴地说，你没看到这里正在开会，有什么事等散了会再说。

孙羊倌儿瞪着两眼说，吃了……黄毛……给吃了。

常二捆这才听出了问题，连忙问，黄毛被什么吃了，是那些知青吗？

孙羊倌儿摇摇头，说现在还不清楚，不知是知青还是别的啥动物。

孙羊倌儿说着就将兜来的那堆羊毛碎骨呼啦一下倒在桌子上。常二捆和几个副队长立刻凑过来仔细看了看，又捏起带血的羊毛和碎骨放到鼻子底下闻了闻，显然，还都有新鲜的血腥气。但这就有了一个更严重的问题，这只黄毛虽然还没长成，毕竟也是一只羊，能把一只羊吃成这样的动物自然比羊要大，至少在体型上应该跟它相差无几，而在我们这一带，还从没发现过这样的大型野物，田里偶尔会有野狗出现，但那些野狗连兔子都不敢吃，更不要说这样大的羊了。由此可见，常二捆想，除去知青应该不会再有别的什么动物。孙羊倌儿立刻说，他也是这样想的，他早就怀疑那些知青对他的羊图谋不轨。

但常二捆看看他问，证据呢？

孙羊倌儿问什么证据。

常二捆说，你怀疑人家吃了你的羊，当然要有证据。

孙羊倌儿气恨恨地说，吃了就是吃了，还要啥证据。

常二捆摇摇头说，那些知青也不是好惹的，你拿不出真凭实据，他们是不会承认的。

孙羊倌儿张张嘴，立刻无言以对了。

常二捆又想一下说，不过……我看也不太像。

孙羊倌儿问为什么不像。

常二捆分析说，根据你所说的发现这些羊毛和羊骨的位置，应该离集体户很近，如果真是他们吃的，他们会把这些东西扔在附近吗？他们完全可以神不知鬼不觉地挖个坑埋起来，或者包上一块砖头沉到水渠里，至少也要扔得更远一些才对。常二捆说，他们把这些东西扔在自己集体户的门口，这不是不打自招吗？但孙羊倌儿却不同意常二捆的这个分析，他说，如果他们事先就已猜到你会这样想，故意这样做呢？他们可是什么事都干得出来的。

常二捆又很认真地想一想，然后十分肯定地说，不会是他们，我看不会。

但是，常二捆否定了我们吃掉黄毛的可能，也就等于肯定了另外一种可能。也就是说，黄毛应该是被比我们小而比它大的什么野物吃掉的。这一来问题就更严重了。如果这种可能性确实成立，那也就意味着不仅仅是孙羊倌儿的那几十只羊，连村里所有的牲畜乃至村民也都将受到威胁，谁敢保证，这只神秘的野物儿吃掉黄毛以后，不会再来村里继续吃别的呢？于是，常二捆立刻又跟几个副队长紧急商议了一下。常二捆原计划第二天就要开镰割麦子。但准备最先开镰的那块麦田刚好就在那条发现羊毛羊骨的水渠旁边，常二捆认为，出于安全考虑，只能先将开镰的日期暂时向后推延一下，待将这只神秘的动物搞清楚再说。同时，常二捆还认为，有必要立刻召开一个全体社员大会，先通报一下此事，好让大家提高警惕增强防范意识。可是也有人表示不同意，担心这样搞会在村里引起恐慌，如此一来不仅影响麦收，还会影响村里的其他生产。但常二捆毕竟是一队之长，考虑问题要周全一些。他又慎重地想了一下，最后还是认为，人畜安全应该是第一位的，一旦发生意外，那可就不仅仅是影响麦收这样简单的事了，搞不好还会造成更恶劣的政治影响。

于是，他当即决定，马上召集全体社员开大会。

在这个傍晚，我们正在集体户的院子里逗黄毛，突然听到村里的大喇叭响起来。常二捆在大喇叭里的声音有些异样，他让全村所有的人都立刻放下手里的事情，马上来生产队开会。这时我们还不知发生了什么事，就一起来到村里。我们一走进生产队的院子就感觉气氛有些不对。很多人都在窃窃私语，村干部们也都神色紧张地走来走去，治保主任集合起村里的基干民兵，正一脸严肃地说着什么。常二捆先是站在角落里，脸色阴沉地抽着旱烟，待了一会儿，看一看人到得差不多了，就神色凝重地走上土台子。他先将黄毛突然被什么不知名的神秘野物吃掉的情况向大家做了简单介绍，然后又说，从现在起，各家各户都要提高警惕，不仅看好自己的家禽家畜，更要注意人身安全，天黑以后，如果没有极特殊的事情最好就不要出门，即使出门也不要单独行走，而且一旦发现了什么可疑动物的踪迹，第一不要惊慌，第二尽量躲避，第三立刻向生产队报告。最后，他又宣布，考虑到全村人的安全，经村里研究，原定的麦收计划暂时先向后推延，具体时间再另行通知。村里的人们听了常二捆的话顿时都紧张起来。但也有人提出质疑，说现在有的麦田已可以开镰，照这样拖下去，耽搁了收割季节一旦下雨怎么办，那小麦可就要烂在田里了。常二捆脸色难看地说，这他当然知道，可是他也要为全村社员的生命安全负责，如果真有人被那个还不知是什么的神秘动物伤到怎么办，麦收固然重要，可是跟这件事比起来也就只能先放一放了。

我们绝没想到事情竟会闹成这样。当然，更让我们没想到的是割麦子竟然也因此向后推迟了。这可真是一个天大的喜讯。这天晚上，我们一回到集体户立刻就欢呼起来。黄小毛拿出地瓜烧酒，在一只牙缸里斟了半下，让每个人都喝了一大口以示庆贺。但是，当我们冷静下来想一想才意识到，推迟收割并不等于不再收割，也就是说，无论怎样推延也只是一个时间问题，开镰还总是要开镰的。不过杜红说，以后开镰再说以后，只要现在不割麦子就行。黄小毛也立刻表示赞同，说对，轻松一天算一天，当地有一句谚语……他说到这里，瞥一眼杜红就不再说下去了。我立刻明白了他要说什么。他要说的这句谚语在当地确实很流行，同时也很粗俗，甚至有些下流。这句谚语说的是：阎王爷×小鬼儿，舒坦一会儿是一会儿。当然，尽管这句谚语粗俗下流，却也生动地表述了一种生活态度，或者说是一种心态，试想，倘若一个人对待生活中的每件事都能持这种舒坦一会儿是一会儿的态度，那他会是多么的快乐。接着，我们就又讨论起一个更实际的问题，黄小毛认为，当务之急是如何将这个推迟的时间一直无限期地推迟下去，那么，也就只有一个办法，就是推波助澜，将事态进一步扩大。比如，黄小毛说，我们是不是可以考虑把黄毛放出去，凭黄毛现在的样子，当地村民一旦看见肯定会吓得屁滚尿流，甚至连孙羊倌儿也不会再认出它来。但杨鸣却认为这样不妥。他说，如果黄毛被常二捆那些人捉住了怎么办，那可就一切都完了，只要他们一发现这个神秘动物不过是黄毛，这件事立刻就会成为一个笑柄，而接下来的后果也可想而知。杨鸣说，倘若常二捆知道是我们搞出这种事来捉弄村里人，作为惩罚，在割麦子时肯定会把我们往死里整的。杨鸣的话立刻让我们都紧张起来。最后，大家一致认为，不仅不能把黄毛放出去，还要对它严加看管。只有让黄毛一直保持神秘我们才是最安全的。

但是，接下来发生的事情却出乎我们的意料。

这时村里已被紧张的气氛笼罩起来，连白天也悄无声息。我们当然无所顾忌，于是一连几天就继续去田里挖田鼠。我们挖田鼠当然是为了黄毛。因为黄毛的食量越来越大，它已经拒绝吃一切青草和干草，连白菜叶也不肯再吃，每天只吃田鼠。它这时不仅不再惧怕田鼠，还学会了一整套比猫折磨老鼠更残忍的游戏。杨鸣每次喂它田鼠时，都像是一次有趣的追逐表演，那些田鼠一被放到院子里立刻就会拼命逃窜，而黄毛则不紧不慢地跟在后面，只是偶尔伸出蹄子拨它一下，就像在打高尔夫球。它的蹄子已练得相当有准，拨的力度也恰到好处，既能把田鼠踢出很远，又不至于踢死。就这样直到踢够了，玩厌了，才走过去一口把它含到嘴里。我曾经为黄毛计算过，它一天之内竟能吃掉十几只田鼠，这样的食量对于我们的捕鼠速度也就提出更高的要求。好在这一年春天，不知为什么，田野里到处都是田鼠，沟渠边和田埂上几乎随处可见大大小小的鼠洞。因此我们每次的收获也就很大。到后来杨鸣索性找了一只铁笼，将捉来的田鼠先养在里面。渐渐地，我们发现了一个很奇怪的现象，不知为什么，无论性情多暴烈的田鼠，只要一来到我们集体户的院子立刻就不敢再吱吱乱叫，有的干脆瑟缩着抖成一团。黄小毛经过认真观察之后说，很可能是因为我们这个院子里的血腥气太重，所以这些田鼠一来，立刻就被这里阴森恐怖的气氛震慑住了。

也就在这时，我们发现黄毛的身上也起了变化。最初是我先注意到的。一天在喂它田鼠时，我无意中发现，它那身皮毛似乎更加油亮，看上去也有了光泽。这显然是一件不可思议的事情。黄毛身上的这张毛皮只是粘上去的，无论它的身体发生怎样的变化，都不该影响到外面的毛皮。接着，我又发现，它的毛皮不仅油光发亮，还都蓬松地奓起来，这就使它显得更加健壮，看上去真有了一些雄赳赳的威武样子。杜红一次无意间捏了捏它的脊背，发现它的身上竟也明显地肥起来。黄小毛说，这应该与吃肉有关，黄毛的品种本来就很优良，现在身体迅速发育，当然就将这身狼皮充分地撑起来。

事情是发生在一天晚上。

在这个晚上，我们出去挖田鼠回来得很晚。一来到库房突然都愣住了。只见放在库房角落里的那只铁笼子不知怎么被打开了，里面的田鼠全跑出来，有几十只，它们爬得米囤上面缸里到处都是。可以想见，这些田鼠突然来到这样一个满是粮食的世界，就如同我们人类一下到了一个装满宝藏的洞窟，它们这时已经完全忘记了恐惧，忘记了死亡，大家一起蹦着跳着吃着拉着大咬大嚼着吱吱乱叫着狂欢成一团。杜红一看心疼地说，可惜这些大米白面啊，平时一直舍不得吃，这下全给糟蹋了。直到这时，我们也才发现了黄毛。黄毛显然已吃得心满意足，嘴角还挂着斑斑血迹，此时它正卧在旁边，漫不经心地欣赏着这些小田鼠上蹿下跳。我们立刻明白了，黄毛一定是饿急了，等不得我们回来就自己去啃开笼子门，将里面的田鼠全放出来。杨鸣立刻气得脸色铁青，转身抄起一根木棒就冲黄毛打过去。由于用力过猛，这根木棒在半空发出嗡的一响，接着就狠狠打在黄毛的身上。黄毛立刻疼得呜地叫了一声，朝旁边一跳就躲开了。杨鸣跟过去就又是一下。这一次打在了它的屁股上。黄毛的两条后腿向下一塌，险些坐到地上。有一瞬间，它似乎还愣了一下。它一定是搞不明白，我们这些人为什么喜怒无常，刚刚还哄它宠它给它捉老鼠吃，现在却突然又把它往死里打。也就在这时，杨鸣已经又一棒砸过来。这一次是砸在了黄毛的头上，幸好它的头上还包裹着一层狼皮，但即使如此，也发出很清脆的一响。黄毛微微摇晃了一下，眼里突然冒出一股凶光。我至今仍还记得那股凶光的颜色，是绿幽幽的，还有些发蓝。这凶光在两只狼眼的黑洞里黯然一闪，像两个手电筒的光柱直射出来。杨鸣似乎迟疑了一下。与此同时，黄毛也突然呜地大叫一声就猛跳起来撞在杨鸣的胸口上。事后我们发现，幸好黄毛这一下撞的角度有些偏，否则它的一只犄角刚好扎进杨鸣的左胸,那后果就不堪设想了。但即使如此,由于杨鸣没有防备还是被撞得仰身倒在地上。黄毛趁机从门缝钻出去,一直跑到院子里,又从院子冲出大门就一边呜呜叫着朝外面的田野深处头也不回地跑去了。

　　我们隐隐地有一种预感,这件事要失控了。
　　当然,事实上我们也没想过要控制此事。我们只是担心,黄毛这样跑出去会不会很快被常二捆那些人捉住。几天以后,村里就接二连三地发生了一些奇怪的事情。先是在晚上,有人听到从村外的麦田里传来一种很奇怪的叫声。这叫声显然不是人们熟知的动物发出来的,似乎很低沉,又有些细嫩,据听到的人描述是呜啊呜啊的,很像是一个忧伤的人在独自歌唱。接着在一天早晨,就又发生了一件更令人吃惊的事情。
　　这件事是发生在常二捆家的门前。常二捆的家位于我们这个村庄的东面,在一片麦田旁边。在这个早晨,常二捆的女人抱着一只鹅从院子里出来。这只鹅几天前刚刚摔断一条腿,被常二捆的女人用布条包扎起来,这天早晨,这女人看了看,发现这条鹅腿已经复原,就抱出来准备让它和别的鹅一起去门前的水渠里吃些水草。就在她来到水渠旁边的时候,突然听到另一侧的麦田里发出一阵沙沙的声响。起初她还没当一回事。但这声音却似乎越来越近。接着,她一回头,就看见一个黄乎乎的东西突然从麦田里窜出来。事后据这女人形容,这东西的样子很古怪,大约有一只羊大小,但两个耳朵却明显比羊要长,而且直挺挺地竖着,嘴里的牙齿也很锋利,后面还拖着一条毛茸茸的大尾巴。常二捆的女人这样描述,显然是带有一些臆想的成分,因为她在当时不可能看得这样清楚,那东西快得就像一支箭,只在她眼前一闪就消失在另一片麦田里了。这女人被这个奇怪的东西吓坏了,尖叫一声就坐到地上,抱在怀里的那只鹅也随之飞了出去。常二捆闻声从院子里出来,一见自己女人的这个样子也吓了一跳,连忙问她发生了什么事。女人结结巴巴地把刚才看到的事情说了一遍。常二捆听了也立刻大吃一惊。他的心里很清楚,从自己女人的描述来看,她刚才见到的很可能就是那只神秘的动物。

直到这时,常二捆也才终于意识到,看来这件事是无论如何都不能再瞒下去了。在此之前,常二捆经过再三考虑并没向公社汇报此事。他担心公社领导会批评他大惊小怪,遇到一点捕风捉影的事情就沉不住气。但现在看来,这只神秘的动物已来到自己家的门前,如果再不向公社汇报,一旦闹出更大的事来就不好收拾了。

常二捆当即安排好村里的事,就骑上车去了公社。

常二捆在这个上午赶到公社,果然在领导那里碰了一鼻子灰。正如他事先所料,公社领导认为他说的这件事简直是无稽之谈。公社领导说,从常二捆汇报的情况看,这只神秘动物显然是一只狼,但这一带虽然人烟并不稠密,却还从没出现过狼,据说1949年前曾有几只不知从哪里流窜来的野狼出没过,但很快就被一伙土匪打光吃掉了,从那以后也就再没听说过有这种东西。公社领导对常二捆说,如今我们这里到处都是农田,就是有狼也根本无法生存。公社领导最后又提醒常二捆,说今年你们村的小麦获得了历史罕见的大丰收,你可不要因为一点莫名其妙的小事就延误了收割季节,否则就不是一般的生产问题了,而是很严重的政治问题。常二捆被公社领导训得灰头土脸,直到出来时心情仍很郁闷。他认为公社领导这样说真是很主观，这怎么能是莫名其妙的小事呢，倘若自己让村里的社员冒险去田里割麦，一旦发生了什么意外那可就是人命关天的大事，真到那时候，又由谁来承担这个责任呢。常二捆一边这样想着，就骑上自行车往回走。不过在这里还有一个很重要的细节，常二捆在临回来时，又特意去公社的种鸡站买了一窝新繁殖的优种小鸡。

　　也正是这窝小鸡，才引发了后来的事情。

　　在这个上午，常二捆将这窝小鸡放到挎在后车架旁边的柳条筐里，一边在土道上骑着车，由于有些颠簸，小鸡就在筐里不停地吱吱乱叫。当时田野很静，因此这叫声也就传得很远。事后据常二捆回忆，骑到离村口还有一里多路的地方，他突然听到一阵很奇怪的呜呜叫声。常二捆还是第一次听到这种叫声，顿时警觉起来。他想，这大概就是人们传说的那种动物。他一边这样想着就从车上跳下来，正要再仔细听一听，突然就见从路边的麦田里窜出一个东西。这东西与他女人在早晨形容的很相似，只是牙齿并不太长。常二捆清楚看到，它的牙齿的确很白，而且闪闪发亮，他搞不清楚，究竟是什么动物会长出这样奇怪的牙齿。但这只是一瞬间的事。就在常二捆这样想着，那东西已经蹿到他的面前。它显然是冲着他筐里的那窝小鸡来的，常二捆不敢断定，它是不是对自己也有什么图谋。常二捆这时已顾不上再仔细打量这只奇怪的动物，连忙将自行车横过来，用车把挡在自己和装有小鸡的柳条筐前面。这只奇怪的动物又来回跳跃着猛扑了几下，当它意识到，看来自己这一次又不会有什么收获，于是一转身就窜进另一边的麦田消失得无影无踪了。

常二捆在这个上午失魂落魄地回到村里，脸上仍然白得没有一点血色。村里的人们一见他这样子立刻都围上来，纷纷问他是不是又遇到了那只可怕的动物。常二捆为避免引起更大的恐慌，只是轻描淡写地对人们说遇到了。然后又告诉大家，现在至少有一点可以肯定，这的确是一头食肉动物，因为在它向自己扑过来时，他闻到了一股呛人的血腥气。

也正是常二捆的这件事，给了杨鸣一个启示。

杨鸣告诉我们，这下好了，我们可以有肉吃了。

当天下午，杨鸣弄了一些从田鼠洞里挖来的小麦，撒到我们集体户门前不远的地方。我们门前是一片很开阔的空地。生产队原打算在这里盖几间库房，专门用来存放经济作物的种子，比如芝麻、花生和葵花子之类。但后来经过慎重考虑却又改变了主意，因为村里觉得将这些东西放在我们集体户的跟前很不保险，搞不好会被我们偷吃，于是就将库房挪到别处去了。这样一来，也就在我们门前留下一片很大的空地。在这个下午，杨鸣将小麦撒在这片空地上。他撒得很讲究，看上去就像是一个很大的逗号形状，先是一大片，最后又甩出一个长长的尾巴一直通向道边。我们起初都不明白他的用意。但黄小毛很快就看懂了，立刻跑回去取来他的那只弹弓。我们布置好这一切就躲到院子里，将院门稍稍虚掩起来。这时我们的门前很安静，虽然是在白天，却静悄悄的没有一个人影。我们从门缝向外张望了一阵，就见几只母鸡一边啄食着那些麦粒一步一步地朝这边走过来。黄小毛就像一个经验丰富的猎手，他只是沉着耐心地等待着，却并不急于射击，直到那几只母鸡全部进入有效射程，才取出一只玻璃球，搭在弹弓的皮扣上，然后稳稳拉开嗖地弹射出去。黄小毛的射击技术的确很高超，竟一下就将玻璃球打在一只鸡的头上。这种射法当然有很大好处，可以将这只鸡头打碎而立刻致死，这样也就不会惊散它身边的鸡群。果然，那只鸡连挣扎也没挣扎一下，头一歪就栽到地上，而别的母鸡竟然还浑然不知。这一来也就为黄小毛赢得了继续射击的机会，他又接连射中第二只和第三只母鸡。但就在要射第四只时，却被杨鸣伸手拦住了。杨鸣的意思很显然，那只被村里视为神秘动物的黄毛不可能有连续吃掉四只母鸡的食量，倘若黄小毛一次射杀太多，会引起当地村民的怀疑。

　　当天晚上，我们正在一边喝酒一边津津有味地啃着炖母鸡，村里的大喇叭就又响起来。是常二捆的声音。从声音可以听出，常二捆的情绪很不好，他说就在这一天的下午，村里治保主任家的三只母鸡又不见了，目前已经排除被人偷窃或被黄鼬拖走的可能，由此看来，那只神秘动物应该就在村庄附近，所以大家一定要更加小心。我们听了立刻都有些悻悻。就在刚才，我们一边吃着炖母鸡还在兴致勃勃地盘算，照这样下去就可以每天都有鸡吃了，因为无论怎样吃，当地村民都会把这笔账记到那个神秘动物的身上。可是常二捆这样一说就不行了，倘若村民都对自己的家禽严加看管，我们自然也就无从下手了。

　　当然，我们相信，杨鸣一定还会想出更好的办法。

　　果然，几天以后的一个夜里，大约是在快要黎明的时候，杨鸣突然把我和黄小毛叫醒。我和黄小毛揉着眼从炕上爬起来，借着灯光看到，杨鸣的手里正拿着一个馒头。这个馒头已经风干，看上去没有了一点水分。接着，他又拿出一瓶烧酒，倒在一只碗里，然后将这个馒头轻轻泡进去。已经干透的馒头被这样一泡，立刻就将烧酒都吸了进去。杨鸣捞出馒头，小心地装在一个塑料袋里,又取出一根绳索,连同扁担一起递给我和黄小毛。

直到这时,他才问我们两人想不想吃猪肉。

我们当然想吃猪肉。那个时候不像今天,吃猪肉是一件很难得的事情,尤其在农村,虽然家家养猪,猪肉却是极为罕见的珍稀食物。在这个深夜,我和黄小毛跟着杨鸣悄悄走出集体户,就朝村庄的东面摸过来。直到来到一爿猪圈的跟前,我才发现,这里竟是常二捆家的房屋后面。我和黄小毛都已明白了杨鸣的意图。我们不得不在心里由衷地佩服他。首先,他将时间选在黎明,这时人们都在熟睡,做这种事当然最好下手。其次,他把目标选在常二捆家的猪圈,这也应该是一举多得,常二捆家在村外,做起事来更安全一些,这是其一,其二,一旦偷了他家的猪,对他的触动肯定会更大,如此一来他也就更不敢再贸然收割小麦。但还有一点让我想不明白,猪这种动物毕竟不像鸡,不仅体型笨重,叫起来的声音也非常尖厉,它绝不会俯首帖耳地任由我们摆布,而一旦嗥叫起来,那后果也就不堪设想。

杨鸣并没向我们做任何解释。他站在猪圈的矮墙跟前,先掏出塑料袋,从里面取出那只浸过酒的馒头探身扔进猪圈里。常二捆家的这头猪我白天是见过的,还没有完全长成,只有七十多斤,用当地村民的话说也就是一口半大猪。这时,这口半大猪正在睡梦中,突然被一阵袭人的酒香和麦香熏醒,睁开眼一看,竟然有一只巨大的白面馒头正赫然摆在自己嘴边,还以为是在做梦。它当然不会认真去想,在这样的深夜,又是在自己这样的地方,突然出现一只这样的馒头是很可疑的,它甚至连犹豫都没犹豫就伸过头来一口将这只馒头吞到嘴里,然后吧唧了几声咽下去。杨鸣又耐心地沉了沉,然后向我和黄小毛示意了一下就带头跳进猪圈。我和黄小毛也跟着跳进去。我们冒着猪粪的恶臭七手八脚地将这口半大猪捆起来，又拎到外面，插进扁担抬着就迅速地钻进了旁边的麦田。直到这时我才发现，不知为什么，这口半大猪竟然始终一声不吭，只是张大嘴发出哈哈的声音，像是在用力喘息。事后杨鸣才告诉我们，猪吃了泡过酒的馒头嗓子立刻就会被淹坏，所以，不可能再叫出声来。

在这个黎明，我们将这口半大猪弄回集体户时天还没有放亮。我们当然不能再睡觉，先用一根手腕粗的木棒将这口猪活活打死，然后又煺净毛皮掏出内脏，将尸体切成一块一块地包起来藏好。待忙完这一切，东方也就泛出了令人愉快的鱼肚白色。

关于这头猪的事，果然又一次极大地震动了常二捆。常二捆先是感到很吃惊，接着就认定，他的这口半大猪肯定又是被那个神秘动物吃掉了，而能将这样一口半大猪吃掉的动物，其凶猛程度自然也就可想而知。这时田里的麦子早已成熟，而且眼看就要进入雨季。常二捆原本已经强行开镰，但这一来只是先将村庄附近的麦子抢收回来，就也不敢轻举妄动了。

几天以后的一个中午，孙羊倌儿又遇到一件更令人惊愕的事情。

在这个中午，孙羊倌儿突然像疯了似的从村外跑回来。他的身上满是泥水，脚上的两只鞋子也都已不见了踪影。他一回到村里，扔掉手里的羊鞭又趔趄了几步就上气不接下气地趴在街上。人们不知发生了什么事，立刻都围拢来。这时常二捆也闻讯赶来。他拨开人群蹲到孙羊倌的跟前，很认真地看看他问，究竟又发生了什么事。孙羊倌儿趴在地上喘息一阵，待稍稍平静了一些才结结巴巴地将刚才发生的事情告诉了常二捆。他说在这个上午,他去村外放羊,其实他并没有让羊群走得太远,而且为安全起见还特意选择了一片远离麦田又相对开阔一些的草地。但就在将近中午时,他刚刚歪到一个坟堆上瞌睡,突然就听到羊群里一阵大乱。他睁眼一看,只见一个黄乎乎的东西正窜出麦田朝这边扑过来。它冲进羊群一边呜呜叫着东撞西撞,还不停地用自己的头去顶那些羊。孙羊倌儿说当时由于那东西跑得实在太快,所以它的头究竟是什么样子并没有看清,但它的两个耳朵他却看到了。孙羊倌儿说那东西的两个耳朵不知为什么好像非常坚硬,就像是两只刀片一样直挺挺地竖着,因此顶到哪只羊,立刻就会在身上划开一道血口子。羊群由于受到惊吓转眼就被冲得四散。但那东西还一直跟在后面穷追不舍,直到后来,才追着几只羊不知跑到哪去了。

常二捆听了寻思一下,又问,这东西……长啥样?

孙羊倌儿摇摇头说,当时羊群已经乱了,没看清楚。

常二捆又叮问一句,一点都没看清楚吗?

孙羊倌儿说是,一点都没看清楚。

常二捆皱了皱眉,就不再说话了。

常二捆问的显然是一个没有任何意义的问题。凭孙羊倌儿的视力,就是让那个东西站到他的面前也未必能看清楚,更不要说它还在这样快地奔跑。

常二捆又皱着眉头沉吟片刻,就起身去给公社打电话了。

我们当天下午就听说了此事。我们的心里当然明白,一定又是黄毛。我们这时已开始对黄毛同情起来。它这些天一直在村庄附近独自徘徊,肯定备感寂寞和孤独,所以,当它见到孙羊倌儿的羊群才会不顾一切地直扑过来。它当时一定喜出望外,那种找到队伍又与自己当初的同伴久别重逢的激动心情可以想见。但是,它却忘记了一件更关键的事情,它现在早已不再是当初的那个自己,它已被我们这些人搞成了这样一副令人毛骨悚然的怪样子,它的那些同伴不仅已经认不出它,还会被它的样子吓得魂飞魄散,所以它们才被惊得四处奔逃。

黄小毛有些担忧地说,也不知道……它现在吃什么。

杜红也说是啊,它自己在外面,又有谁来喂它呢。

其实黄小毛和杜红的担心是多余的。黄毛在食物上应该没有任何问题。用杨鸣的话说,它在跑出去之前已被我们训练得能捉老鼠,如果连老鼠都能捉,还有什么东西不能搞到呢。杨鸣的分析显然是正确的。这段时间,村里已经接二连三地又丢了许多鸡鸭鹅兔。但这些东西绝不是我们偷的。因为这一阵我们还一直在吃着从常二捆家弄来的那头半大猪。而如果不是我们,那就应该只还有一种动物,就是黄毛。

由此可见,黄毛应该又长了更大的本事。

我们没想到这一年的初夏竟会是如此度过的。

这真是一个愉快的初夏,愉快得简直令人心旷神怡。由于那只神秘的野物还没有被捉到,全村就进入了一种带有戒严性质的紧急状态,但早已成熟的麦子毕竟还是要收割的,于是村里就集中了一少部分体力强壮而且割麦技术高超的社员去田里突击收割,为保证安全,还在田头派了荷枪实弹的基干民兵放哨警戒,一旦发现哪个方向有可疑的风吹草动,立刻就会包抄过去仔细搜索。可是面对这样一个丰收年景,如此的收割方式只能是杯水车薪。我们当然不用再去下田,连高粱和玉米也不用再去耪,大家每天只是四脚朝天地躺在集体户的炕上，或畅谈祖国农业的大好形势，或交流接受贫下中农再教育的心得体会，有时来了兴致也打一打扑克或喝一喝酒，日子过得轻松自在。每当想吃什么家禽或家畜，只要趁着夜色放心大胆地去村里弄回一只就是。我们渐渐地甚至有了一种感觉，似乎整个村庄的家禽和家畜都已属于我们，我们如果想吃什么了就只管吃，反正村民都会记在黄毛的账上。有一次我们竟然还把生产队里一头三月大的小牛犊给捆了抬回来。当时为了做得更逼真一些，杨鸣还特意用一块砖头砸掉这小牛犊的一条前腿，然后将这截血淋淋的断腿扔回到牲口棚里，做出这头牛犊已被那个神秘的野物拖去吃掉，只剩下一截断腿的假象。而我们每这样干一次，也就越发增加了村里的恐怖气氛。不过我们也遇到一些具体的操作问题。比如要将这些肉类弄熟就是一件很棘手的事，因为在烹制过程中总会散发出一些诱人的气味，而这种气味不言而喻，对于当地村民来说是很敏感的。但这点困难当然难不倒我们。杨鸣很快就发明出一种很独特的料理肉食的方法。他找来一块崭新的红砖，先将这些猪肉牛肉羊肉或禽类的什么肉切成很薄的片状，贴在砖上，然后再将这块砖放进灶膛里。这样我们只要一边烧火做着主食，这些肉片也就不动声色地被烤制出来。这真是一种风味独特的烧烤，鲜嫩的肉丝中还保留着一些血腥气味。这气味就像度数很高的烈酒，让人闻了立刻就会亢奋起来。

每到傍晚，我们这样酒足饭饱之后，就从集体户的院子里走出来。我们集体户的房子是建在村南的一面土坡上，这里地势很高，几乎可以俯瞰村外的整个麦田。那些麦田一望无际，远远看去翻起一层层的麦浪，与夕阳的余晖映在一起煞是好看。有时我们来了情绪，还会放声高唱几句"麦浪滚滚闪金光"。我们的歌声不仅悠扬，也很嘹亮，而且充满了豪迈的激情。黄小毛每当喝得醺醺然，就会借着酒意大声朗诵那首著名的诗词："……战地黄花分外香……"这时我们大家就有了一个共同的感觉，如果插队就是这样的插法，我们宁愿在这里永远插下去，用自己的青春年华将这个广阔天地一直插穿。

当然，我们也注意到，尽管村里的一部分劳力还在基干民兵的警卫下没日没夜地拼命收割，远处大片的麦田还是正在一点点地由黄变白。我们知道这已是成熟小麦的最后收割时机。成熟小麦的正常颜色应该是金黄，而一旦变白也就说明开始脱水，说得更通俗一点也就是干枯，用当地村民的话讲叫"倒灌浆"，倒灌浆所导致的直接结果就是减产。比如这一年的夏收，我们村的亩产预计已经过了黄河，也肯定过了长江，也就是说，我们的每亩产量已经达到黄河以南甚至长江以南的水平。但是，"倒灌浆"以后就难说了，亩产量肯定又从长江乃至黄河那边退回来。这真是一件令人遗憾的事情。

进入七月的一天终于下起了大雨。这场雨很奇怪，就像音乐喷泉一样忽紧忽慢，给人一种优美的韵律感。雨柱均匀地落下来，如同无数根晶莹的银丝垂在天地之间，似乎用手轻轻一拨就会发出悦耳的叮咚声。雨天睡觉是最舒服的事情。我们大家躺在炕上痛痛快快无忧无虑地睡了几天。一天早晨，我们突然被一阵奇怪的声音惊醒。这声音显然是从村边传来的，听上去很低沉，又有些杂乱。我们侧着耳朵听了一阵才意识到，应该是人的哭号，而且是从许多个喉咙里同时发出的哭号。我们不知发生了什么事，立刻爬起来跑到院子外面。

这时外面已雨过天晴。蓝莹莹的天空如同被水冲洗过，干净得没有一丝云朵。空气也似乎透明起来，一眼能望出十六公里以外，望到球形的广阔天地像塌了一样地弯曲着倾斜下去。就在这时，那哭号的声浪又一阵阵传来。我们寻声看去，才发现很多村民正跌跌撞撞地从村庄里跑出来，他们扑倒在麦田跟前呼天抢地，男人和女人的声音搅在一起让人听了很不舒服。接着我们也才发现，远处的麦田已经又变了颜色，有的由白变灰，还有的则已由灰变黑。再仔细看，许多麦子都已东倒西歪地烂在了泥里。黄小毛立刻兴奋地大叫一声说，哈，这下可好了，我们彻底不用担心再去割麦子了！黄小毛的话立刻提醒了我们，麦子一旦霉烂连牲畜都不会再吃，所以也就没有了任何用处，只能让它们继续烂在田里，发霉，发臭，最后沤成肥料为改善土质起一点作用。我们想到这里，相视一下都长长地松出一口气。是啊，我们终于成功地躲过了这样一场麦收之苦。于是大家兴奋之余一致提议，应该包一顿鲜肉馅的饺子庆祝一下。那时粮站卖的白面质量还很好，不仅筋道，也非常的香甜，再加上新鲜的肉馅和我们愉快的心情，这顿饺子就给我们留下了难以磨灭的印象。

直到很多年后，每当我们这些集体户的人聚会时还要包一次鲜肉饺子，尽管我们知道，鲜肉已不是当年的鲜肉，白面也不再是当年的白面。杨鸣不知为什么，包的饺子总是很奇怪，不仅干瘪也有些细长。一次黄小毛说，杨鸣包的饺子很像麦穗。

我们大家听了看看他，突然都泪如雨下……

《人民文学》2007年第9期

豆 汁 记

叶广芩

> 人生在天地间原有俊丑，富与贵贫与贱何必忧愁。
> ……穷人自有穷人本，有道是我人贫志不贫。
> ——京剧《豆汁记》金玉奴唱段

一

莫姜被父亲领进家门的时候，我正趴在桌上做作业。

这个细节之所以记忆深刻，是因为刚上小学，我被那些莫名其妙的注音字母"ㄅㄆㄇㄈㄉㄊㄋㄌ"搞得一头雾水，几乎要把书扔上房顶。可能学过注音字母的人都有过这样的经历，一个混沌未开的小孩子，刚上学便接触这些抽象符号，其难度不亚于读天书。这些符号让我对学习的兴致大减，其实那时我已经能读懂《格林童话》，也念过《三字经》《千字文》一类童稚必读，知道了些"父母呼，应勿缓；父母命，行勿懒"的规矩，自认大可不必回头再学这挤眉弄眼的"ㄅㄆㄇㄈ"，就日日盼着教国文的马老师发高烧起不来炕。也许是这个原因，马老师的确老生病，常常上课铃声响过，教室里仍旧嘈杂一片，如吵蛤蟆坑。闹声中进来了张老师、王老师，都是代课老师，她们教得有一搭没一搭，我们便学得十分的糊涂，十分的勉强。老师们有一个共同特点，就是多留作业，以免我们放了学去野逛。于是，我课余的很长时间得跟这些"臭蚂蚁"（我一贯将注音字母称作"臭蚂蚁"）打交道，把人的心情弄得很糟糕。现在，注音字母被汉语拼音替代，小孩子们同样面临着一个思维模式的转变，现在的孩子都聪明，没把它太当回事就过去了。那时候的我却过不了这一关，对那些面目狰狞，跟日本片假名长相相近的符号至今深恶痛绝。

莫姜来的那天下了雪，是入冬的第一场雪，雪不大，下得羞羞怯怯，但是很冷。母亲让看门老张给各屋挂上了棉门帘子，以挡住北京肆虐的西北风，挽留住房内的些许温暖。因为战事，西山的煤运不进来，取暖成了大问题，家里除了父母的卧室和堂屋生了炉子，其余各屋都冷如冰窖。我的手背、耳朵和脚都生了冻疮，手尤其严重，肿得像发面馒头一般，还流着黄汤，看着甚是悲惨。那时候，小孩子都生冻疮，没有谁特殊，我特别怕屋里热，一旦暖和过来，手上、脚上的疮就开始痒，痒得无法抓挠，痛苦不堪。

傍晚，饭已经吃过，我举着书本，在母亲的房里艰难地用那些"臭蚂蚁"拼出了一句话："大风刮破了蜘蛛的网"，知道了"臭蚂蚁"们想要表达的意思，正有些愤愤然，父亲进来了，随着父亲进来的是一股冷风和他身后一个已不年轻的妇人。

依着往常我会嚷着"今天带回什么好吃的来啦"，扑向父亲。但今天没有，今天父亲的身后有生人。母亲说过，女孩子在外人跟前要表现得含蓄、有教养。我是小学生了，再不是院里院外招猫逗狗的丫丫，在举止上就得收着点。我闪在母亲身后，饶有兴致地打量着父亲和这个陌生的妇人，不知父亲给我们又制造了一个怎样的惊奇。

我的父亲是性情中人，他的艺术气质常常让他异想天开地做出惊人之举。比如上了一趟昌平，就从德胜门外羊店弄回三只又老又臊的山羊，养在庭院的海棠树下，以制造"三阳开泰"的吉祥。那些羊都是来自内蒙古的，崇尚自由且无礼教防维，一只只长着长胡子，挺着坚硬的犄角，老祖宗般在院里又拉又尿，使劲儿地叫唤，还要不停地吃，把家里搞得臭气熏天。无奈，母亲在父亲去苏杭游历之时，让我的三哥将开泰的三羊送进了羊肉床子。羊肉床子是回民开的肉铺，也兼卖牛肉，按习惯，北京人只说羊肉床子而不说牛羊肉铺。羊肉床子都是自己宰羊，有专门的人将张家口的西口大羊赶到北京来卖，羊肉床子挑选其中鲜嫩肥美的，请清真寺的人来羊肉床子宰羊。挑羊选羊须有很专业的眼光，肉质不好直接影响着羊肉床子的生意。北京人对吃羊肉很挑剔，谁上哪家铺子买肉都是一定的，轻易不会更改，肉铺对自己的信誉的保持和对老主顾关系的维系很注重。羊肉床子一般是前店后院，买来了羊，阿訇先对着羊念经，然后才能下刀放血，用小尖刀一通分割，羊肉挂在木头架子上，羊心羊肝搁在案子上出售，迅速而有序，有时候羊肉在案子上还冒着热气。羊肉床子的秤砣是铜的，扁扁的，称完羊肉的时候，卖羊肉的爱使劲蹾那个小秤砣，响声很大，这可能是所有羊肉床子的习惯。我跟着厨子老王去羊肉床子买肉，一进铺子就提心吊胆，盯着那个小秤砣，时刻提防着那声响动，成了心理负担。所以老王就事先跟卖羊肉的打招呼，劳驾，您别蹾秤砣，我们家小格格害怕。

这回羊肉床子贸然进来三只老活羊，人家不收，说这三只羊是没经过念经的，不能吃；这样老的羊肉也没人买，坏了铺子的名声。老三说我们不要钱，白送。人家还是不要。老三丢下羊掉头就跑，卖羊肉的拉着羊在后头追。老三不敢直接回家，跑到北新桥上了有轨电车，卖肉的在下头骂，老三扎在人堆里不敢抬头，回来一肚子气对着我母亲撒。

还有一回父亲游妙峰山，去了一礼拜，赶着两辆大车回来了，车上各装了一棵白皮松，轰轰烈烈地进了胡同。看门老张站在门口望着这列车马目瞪口呆，半晌说不出话来，父亲则称赞这些松树珍贵，造型独特，让人赏心悦目。父亲找人在后院挖坑栽树，一通忙活，花钱不少，给我们家制造了一个"陵园"。母亲不便直说，很策略地提示，醇亲王在海淀妙高峰的墓冢也有很多白皮松，棵棵都无与伦比，价值连城。父亲说七爷是七爷的，他的是他的，他的树长大了也无与伦比，也价值连城……好在我们没有像扔羊一样扔树，那些来自西山的伟大的白皮松还没过夏天就死完了。我们家的后院成了柴火堆，成了耗子、刺猬、黄鼠狼们的游乐场。

更有一回，人们传说清虚观出了大仙爷二仙爷，去顶礼膜拜者无数，据说灵验无比。仙爷们其实是两条小长虫，深秋时节，长虫们要冬藏，不知还能不能活到明年。老道不想养了，父亲将仙爷们请回家来，也不供奉，只说是两条青绿的虫儿很可爱，就当是蝈蝈养着。仙爷们被安置在玻璃罩子里，放在套间南窗台上。没几天，那两条长虫钻得没了影，害得一家大小夜夜不敢睡觉，披着被卧在桌上坐着……谁也不知道它们会从哪儿钻出来。

现在，父亲领回的不是羊，不是树，不是长虫，是一个人。

母亲脸色很平静，她已经习惯了这一切，无论是羊是树是长虫还是人。

父亲身后的女人穿得很单薄，就是一件青夹袄，胳膊肘有两块补丁，挎着个紫花小包袱，冻得在微微颤抖，看得出她在克制着哆嗦，努力地使自己显得舒展。灯光下，女人的面部青黄黯淡，脸上从额头到左颊有一道长长的疤痕，这道痕迹使她的脸整个破了相，破了相的脸又做出淡淡的微笑。那不是笑，实在是一种扭曲。这让我想起京剧《豆汁记》里穷秀才莫稽的唱词，"大风雪似尖刀单衣穿透，腹内饥身寒冷气短脸抽"，眼前这张脸大概就属于"气短脸抽"的范畴了。

戏里边金玉奴在风雪天为自己捡了个丈夫，在同样恶劣的天气里不知父亲为我们捡回个什么！

父亲将女人引到前边来，告诉母亲女人叫莫姜，是他在颐和园北宫门捡的，父亲特别强调了，他不把莫姜捡回来，莫姜今天就得冻死在北宫门，因为她无家可归了。父亲说得很轻松，就像他在外头捡了块石头，捡了块砖，自然极了。被叫作莫姜的女人头发花白，看上去有五十多岁了，即便脸上没有疤痕，也说不上好看，一双单眼皮的眼睛细细的，薄嘴唇，尖下颏儿，两个耳朵往前扇还透亮，巨大的伤疤使她的脸变得狰狞恐怖，像是东岳庙里的泥塑小鬼儿。出于礼貌，莫姜抬起眼睛，轻轻地叫了声"四太太"，便收回目光再不言语。"四太太"是外人对我母亲的称谓，我父亲排行老四，人们都叫他"四爷"，母亲自然就是四太太了。母亲看莫姜头顶梳着发髻，没有缠裹过的脚上穿着一双烂旧的骆驼鞍儿毛窝，说，你是旗人？

莫姜说是。说老家在易县常各庄,祖父是皇帝陵前负责点灯的包衣,祖姓他他拉,莫姜是她的名。母亲问她怎的没了住处,莫姜说原本在北宫门西边的西上村租了间房,今天到期了,房东把房收回去了。问她家里还有谁,莫姜说娘家没人了,婆家男人叫刘成贵,是厨子,前些年死了,她就一个人生活。母亲还想问她脸上的疤,张了张嘴,终没好意思说出来。莫姜窥出母亲的意思,淡淡地说这道疤痕是她已故的男人给她留下的,她男人脾气不好,那天正好在剁饺子馅,两口子拌嘴……其实就划了层皮,划在脸上就长不好了。

该问的都问了,该说的也都说了,经历简单得不能再简单,母亲不再说什么,她没有理由也没有权力拒绝这个突如其来的莫姜,就像她没有理由拒绝那些羊和树。母亲在父亲面前从来是唯唯诺诺,这在于她朝阳门外南营房的低微出身和作为第三房填房的特殊身份。

父亲说晚饭他在老三那儿吃过了,只这个莫姜从中午就没有吃饭,让母亲给做点什么。母亲说厨房的火已经熄了,柜橱里还有一碗豆汁稀饭,凑合一下吧。父亲说也好,莫姜却感到很不好意思,但也没有拒绝,看来是饿得狠了。母亲端来了豆汁,就着房内的铁皮炉子热。那时候绝没有微波炉和电磁灶一类,想温点汤水什么的极难,母亲不可能为了一碗豆汁在厨房重新生炉子,那是一件太麻烦的事情。自从厨子老王回老家以后,我们家便是母亲下厨。母亲没有山东人老王的手艺,穷门小户的出身注定了她的烹饪范围离不开炸酱面、疙瘩汤、炒白菜、炖萝卜一类的大众吃食。这是我和父亲都不满意的,大家都格外想念回家探亲的厨子老王,盼着他早点回来。

母亲端来的豆汁是我晚上吃剩下的。父亲没在家吃饭，母亲便怎么省事怎么来，她在娘家当穷丫头时爱吃豆汁煮剩饭，就老腌萝卜，我们的晚饭便是豆汁煮剩饭，就老腌萝卜。豆汁饭酸馊难闻，老腌萝卜咸得能把人齁死，我吃了两口，不吃了。母亲却吃得津津有味，拿筷子点着我的碗说，吃得菜根，百事可做，人家古代贤人，一箪食，一瓢饮，在陋巷，贤人都行，你怎就不行，难道你比贤人还贤？

我说我不当咸人，这老腌萝卜，看两眼就能把人咸个跟头，咬一口能给咸人当姥姥，咸人嘛，谁爱当谁当吧。母亲没办法，拿来点心匣子，让我从里边挑，我挑了块萨其马，拿了块槽子糕，正要向一块自来红月饼伸手，母亲说，够了！

现在，母亲把剩豆汁拿来给莫姜吃，多少有打发叫花子的意味，我都替母亲不好意思，她怎不把点心匣子给端来呢？莫姜双手接过了那碗温暾的、面目甚不清爽的豆汁，认真地谢过了，背过身静悄悄地吃着，没有一点声响。从背影看，她吃得很斯文，绝不像父亲说的"从中午就没有吃饭"。我想起了戏台上《豆汁记》里穷途潦倒的莫稽，一碗豆汁喝得热烈而张扬，吸引了全场观众的眼球。同是落魄之人，姓名里都有"莫"，这个莫姜怎就拿捏得这般沉稳，这般矜持？

喝完豆汁的莫姜坚持要自己把碗送到厨房，一再说自己在堂屋吃饭已经很失礼了，不能再让太太受累。母亲就领着莫姜到厨房，母亲和莫姜一走，父亲就对我说，别告诉你娘，这个莫姜，是北宫门卖花生米的。

北宫门是我熟得不能再熟的地方。

当时老三在颐和园里工作，路远，平时不回家，一礼拜回来拿一趟换洗的衣裳。颐和园内有德和园，德和园东边夹道里有几个相同的小院，老三就住在其中的一个院里。院子挺大，房也高，前廊后厦，睡觉的雕花木炕嵌在北边墙里，这样的房子在有皇上那会儿不知道是给谁住的，现在住了园里的职工。没上学的时候我和父亲常到老三那儿闲住，父亲在园子里画画，我就满园疯跑，不到吃饭时候不回家。颐和园的自由岁月，充盈了我学龄前的大部分生活，里面的犄角旮旯都被我"临幸"过不知多少遍，连园子里的松鼠和水牛儿我都认识。

出了老三的院门往北是个小城门，北边门楣上写着"赤城霞起"，南边是"紫气东来"，我很喜欢这两个词，认真地记了。上学后，教语文的马老师让用"来"造句，我造的就是"紫气东来"，老师瞪了半天眼，让我坐下了。我错了吗？我一点没错！回家跟父亲学说，父亲说，丫儿这个句造得好！

老三家斜对面就是大戏台，有时园子里给职工放电影，幕布挂在西太后看戏的颐乐殿前，我们则坐在大戏台上看，整个一个大颠倒。也有时，有业余的京剧团演出，水平极差，服装也是瞎凑合，演出场所却很辉煌，就是"龙会八凤"的大戏台，那些演员唱着唱着唱错了，竟然能回去重新出场，也没人叫倒好，哄然一笑罢了。都是自己职工，抬头不见低头见的，有时上头演的和下头看的还要说话。有回他们演《豆汁记》，排演了大半年，还借了一个外头的金玉奴。待那金玉奴一上场，竟让人大失所望，银盘大脸，高颧骨，大龅牙，屁股大得像碾盘，穿个小短袄，走路像狗熊耍叉。这副尊容还要招赘英俊小生莫稽当女婿，我真要替那莫稽喊冤了。金玉奴形象不好，但唱得不错，"人生在天地间原有俊丑，富与贵贫与贱何必忧愁"，我觉得这段原板很好听，是呀，只要人好，"狗熊耍叉"又有什么关系呢？演莫稽的小生很出色，把那碗金玉奴施舍的豆汁喝得淋漓尽致，又是舔又是刮，跟真的似的。莫稽唱得也好，主要是嗓子亮，可惜，在戏里头是个坏人，他当了官就看不起金玉奴了。

演莫稽的是我们家老三。

老三单身，不会做饭，我们爷儿三个就在颐和园东南角的职工食堂吃饭。食堂的饭寡淡无味，比我母亲做的还糟糕，颐和园附近也没有好馆子，我们的饭就很成问题。老三每礼拜进城一趟，让我母亲做出一锅炖肉，路过"天福号"酱肉铺，还要买两个酱肘子，一并带回颐和园。

颐和园东门是正门，有御道，有大牌楼，过去是皇上、太后必经之地，肃整严谨，御道旁边没有店铺，皇上倒了几十年还是如此。南边一个小学，北边一个医院，都是颐和园的附带建筑，目前改做别用，还是没有商店。真正想买东西得出北门，即北宫门，那里有几个小杂货铺，卖油盐酱醋，早晨还有些小商小贩，提些鲜藕嫩姜来卖，多是附近村里的农民。值得一提的是北宫门西北角有个卖火烧的老赵，我之所以跟他熟识是因为"天福号"酱肘子得用烧饼来夹，买烧饼的任务向来由我承担，父亲是不干此类事情的。严格说，老赵卖的是火烧而不是烧饼，北京人将烧饼、火烧分得很清楚，烧饼内里有芝麻酱，外表粘着芝麻；火烧是发面，内里只有花椒盐，外头不粘芝麻。火烧个儿大，烧饼个儿小，火烧二分钱一个，烧饼三分钱一个。老赵的火烧做得不地道，里头的面常常还是生的就出炉了。我问老赵怎净弄出些半生的玩意儿，老赵说他自己就是半生的，他的老姓是爱新觉罗，正黄旗，正黄旗来烙火烧，能弄出个半生就不错啦。

还有一个给驴钉掌的，他说他是皇上的三大爷。

"皇上的三大爷"送了我许多驴掌，我不知这东西有何用场，"三大爷"说，难得的好肥呀，回去泡水浇花，一棵西番莲能长得比北宫门的松树还高，花开得像石舫火轮船的轮子那么大。我回来找了个罐子泡驴掌，一日三遍地看，满屋腥臭。老三说可惜了那罐子，罐子是康熙青花。

我对北宫门的印象只有这些，并不记得有卖花生仁儿的女人。

父亲说莫姜的花生仁儿炒得好吃，脆香入味，咸甜适口，是泡过之后烤的，非一般拿盐土炒出的花生仁儿能比。父亲向来对炒花生仁儿情有独钟，我知道文人们都是喜欢吃花生仁儿的，大文人金圣叹，在含冤问斩前以花生米拌臭豆腐干就酒，为自己饯行。没吃几口，时辰已到，官方让他写遗书，金圣叹一挥而就，然后慷慨赴刑场。他儿子将遗物领回，打开遗书，发现遗书上写着"臭豆干臭，花生米香，香臭兼备，滋味胜似火腿强"。父亲的学问无法与"六才子书"的金圣叹相比，但对花生米的喜好上却如出一辙。大概是因了我的离开，父亲不得不亲自跑北宫门，跟那些引车卖浆者流打交道。处在饮食单调中的父亲，自然对花生仁儿产生兴趣，花生仁儿适了父亲的口，就把卖花生仁儿的带家来了。

这就是我的父亲。

好在您没把"正黄旗"和"皇上的三大爷"弄回来。

喝完豆汁就该安排住的地方了，我想莫姜一定是住在过去女仆刘妈的小屋，谁知母亲却把她安置在我的房里。我不愿意和生人睡觉，跟母亲提出，母亲理也没理。其实我们家的房子很多，三进的四合院，几个哥哥都先后离开了家，大部分房都空着，母亲非要把卖花生仁儿的安插在我的睡榻旁边，不知安的什么心。老北京，谁住哪儿都是有规矩的，我们家太太（祖母）活着的时候住在北屋正房，父亲是儿子，儿子就得住在西屋，随时伺候着，随时请安，后头北屋空着也不能住。太太去世，父亲住正屋，哥哥们出去了我就住西屋，不能乱住。从里往外说，二门是垂花门，垂花门外南边是一溜倒座南房，是客人住的，有时候仆人们来了亲戚，也在南屋接待。大街门以内西南角是茅房，用月亮门隔成一个小院，与东南角的月亮门厨房小院相对。过去东南角厨房小院是厨子老王住的，西南角小院是女仆刘妈住的。茅房在院子里位于"煞位"，用屎尿压着，以恶制恶。与茅房相对的厨房，应着东厨司命的说法，将灶安在东南角，灶院有小门和正院东屋廊下相连，东屋是餐厅，是一家人吃饭的地方。母亲没让莫姜住刘妈的旧屋说明她就没认可这个女人，没有给她任何身份，心内对她还存有疑虑和防范。

我极不情愿地把莫姜领进屋，母亲夹着刘妈用过的一套被褥跟进来，扔在外屋的小木床上，对我也是对莫姜说，就这么的了！

我的嘴噘得老高。

这是我母亲的精明之处，小家出身有小家出身的心计。

二

老北京家家都睡炕，炕下头有炕洞，冬天生个带轱辘的小铁炉子，傍晚时推进炕洞里，炕便一宿都是热乎的。在寒冷的北方，这不失为一种简便实惠的取暖办法。老百姓一般不睡凉炕，怕坐下病，有俗话说，"傻小子睡凉炕，全凭火力壮"，指的是生熟不论的生猛，不是凡人。

那晚，我睡在热炕上，莫姜睡在小床上，我翻来覆去地睡不着，一来是从没有和陌生人这样睡过，二来是跟一个脸上有刀痕的人同睡，就好像和鬼睡在一起。《豆汁记》里，当了官的莫稽，以娶叫花子的女儿为耻，上任的时候以赏月为由，把金玉奴推到江里去了。这个北宫门捡来的莫姜，谁又能保证她是好人？我心里埋怨母亲的粗心大意，埋怨母亲太不把我当回事，就在炕上弄出很大声响，暗示对方我并没有睡着，时刻在警惕着呢。小床上，静得如同没有人，借着窗外的雪光，我见莫姜侧身躺着，如一张弯弯的弓，一动也不动。在这滴水成冰的天气，她那一床薄薄的棉被，抵得住吗？她睡着了没有？她不可能睡着，没睡着怎么不动弹？她在想什么？

满心的思虑，满心的恐怖，我终熬不过没有声息的莫姜，在焦躁中沉沉睡去。

早晨醒来是满天的大太阳，伸了个懒腰，洒满阳光的窗户纸上有树影在摇曳，掀开窗帘，玻璃上满是冻的"大白菜叶"，外头什么也看不见。赶紧折回被窝，把头正要往被窝里缩，母亲的凉手伸进来了，在我的肚子上揪来揪去，把我弄得睡意全无。猛然想起房内还有一个莫姜，就朝外屋床上看，母亲说那娘儿们正在厨房做早点，天没亮就起来把火早笼着了。

生炉子，老北京叫"笼火"，是居家过日子一件寻常又麻烦的事情。笼火需用劈柴、刨花将乏煤点燃，再装硬煤，冒半天大烟，旧时的北京一到早晨满城是煤烟味儿。"笼火"是技术性很强的活儿，硬煤搁早了搁晚了火都要灭，前功尽弃，满脸煤灰是太常有的事。跟我怵头"ㄅㄆㄇㄈ"一样，我母亲也很怵头早晨的笼火，我刚一睁开眼睛她就把这个告诉我，足见她内心的满意。我说，那个女的睡觉一动不动。

母亲说，你以为谁睡觉都跟你一样，在炕上炕蹦儿。

不知卖花生仁儿的能做出怎样的早点，以她的出身手艺不会比母亲更精彩。老王就是老王，厨子就是厨子，人家是"萃华楼"出来的，那些京酱肉丝、烧明虾的美味鲁菜是无人可以替代的。

我来到堂屋，看见父亲正坐在八仙桌前喝粥，小米粥熬得黏稠腻糊，小酱萝卜切得周正讲究，一碟清爽的暴腌脆白菜，两个煎得恰到好处的鸡子儿，简单普通的早点看着就很赏心悦目。让我感兴趣的是桌上几个刚出锅的"螺蛳转儿"，"螺蛳转儿"是一种火烧，在面剂儿的做法上复杂一点，需一层层把油盐卷了，横切，盘紧，压扁，先烙后烘，中间微微隆起，才算地道。桌上的"螺蛳转儿"烙得的确好，小巧玲珑，精致可爱，比我们平时吃的小了一半，小点心一样，看着焦黄，闻着喷香。

这些都是莫姜所为。

父亲吃得很滋润，满面红光，告诉母亲，老王回来之前就让莫姜在厨房干活。

莫姜就成了我们家的临时厨子。

回山东的老王再没回来，听说他家里分了田地，他愿意在家当农民，不愿意再出来做饭，活活把手艺给扔了，我们都替他可惜。老王不回来，看门老张也走了，回唐山当他的"老塔儿"去了，莫姜无处可去，就留下来。莫姜既非亲戚，也不是名正言顺的仆人，我们无法称呼她，就一直莫姜、莫姜地叫，叫顺了，也不觉得什么了。

莫姜不善言语，一天也说不上几句话，父亲让她"在厨房干"，她就总在厨房待着，院里屋内根本看不到她的影子，好像我们家里就没有这个人，不像前一个女仆刘妈，什么都张罗，大黄蜂似的满院飞，替母亲当了半个家。莫姜说话不紧不慢的，让你听得真切又从无高声，在父母亲跟前说完话都是向后退两步再转身，不像我，动辄便掉过大屁股对人。莫姜走路快而轻，低着头目不斜视，无论高兴与否嘴角永远微微向上挑着。父亲说这叫"喜兴"，是做人的一种很重要的功夫，无论内心想什么，外表永远是雷打不动的愉快，这种做派非一日之功，像我那样动辄噘嘴吊脸，是最没水平的表现。我在莫姜的脸上看不出什么"喜兴"，一张疤痕累累的脸，倘若再"喜兴"，只能是丑八怪。

母亲说我说得对。

毕竟和莫姜在一个屋里住着，我们之间的距离在慢慢儿缩短。晚上，我会以"写作业""背书"各种名义晚睡，等着莫姜。当然不会白等，莫姜进屋见我没睡，先是淡淡一笑，然后打开手里的白手巾，手巾里包着核桃蘸、红枣蜂糕、酪干什么的，每天不重样。在吃面前，我是个意志薄弱的人，深谙有奶便是娘的道理，谁给我好吃的，我就跟谁好，在某种程度上，我觉着莫姜比我母亲更让我亲近。

在我嘎嘣嘎嘣嚼酪干的时候，莫姜就准备她的床铺。莫姜睡觉前衣裳必叠齐整了搁在椅子上，一双鞋也摆齐了放在床沿下，躺下睡觉不翻身，不打呼噜，不咬牙放屁说梦话，静得像只兔。莫姜跟我说话从来都是"您""您"的，好像她从来不会用"你"，说到我的父母亲，她用的词是"怹"。"怹"是"他"的尊称，现在的北京人已经没有谁会用这个词了，这个词大概快从字典上消失了，有点遗憾。

父亲每月给莫姜五块钱，意味着不是白使唤人家。莫姜开始不要，说在我们家白吃白住，哪能还拿钱。父亲让莫姜把钱攒起来，说将来说不定用得着，莫姜诚惶诚恐地接了，然后请双安，以示谢意。莫姜将那些钱拿回来用手绢包了，也从不见她检点，她对钱物似乎看得不太重。

莫姜的全部家当就是她的紫花小包袱，就搁在枕头旁边，也不避讳我，包袱里除了几件换洗衣裳还有一个袜子板。我问莫姜怎还带着这个东西，莫姜说是她离开家时她额娘给她的。她额娘说袜子穿在脚上，虽不显山露水却是件很重要的穿着，女人最丢人的是袜子破了露脚后跟，无论是自己做的布袜子，还是洋线袜子，跑路一多就要破，补袜子用的家什得随时预备着。莫姜的话有道理，我的袜子一礼拜就破，在学校一提脚，不光是脚后跟，连后脚脖子都露出来了，有时候挺让人尴尬。莫姜的袜子板有年头了，木头色泽已变得深红发暗，光溜溜的，我很喜爱。莫姜也没说送给我，只告诉我，有她在，我的袜子永远不会露脚后跟。

莫姜的包袱里还有一个不让我碰的东西，一根梳头用的翠绿扁方。这种东西我们家有好几根，都是父亲的第一个妻子留下的，我那个没见过面的母亲是旗人，姓瓜尔佳，娘家是内务府的，平日是旗装打扮，梳两把头，穿花盆底鞋，家里有她的相片，很有派头的一个妇人。扁方是插在头发和缎子板之间的簪子，一指宽，长七八寸，两头是圆的，扁而光滑。瓜尔佳母亲留下的扁方有木头的、骨头的和银的，还有一根赤金的，被父亲收着，说是等我出门子的时候给我压箱底。莫姜的扁方着实与众不同，晶莹剔透，温润可爱。她不让我碰，只能她拿着让我摸，说是万一掉地上就碎了。我摸着那扁方，心里满是贪婪和嫉妒，故意挑剔说扁方上有几处黑点。莫姜收了扁方说那是翡翠上的瑕疵，我说有瑕疵的就不是好东西。莫姜说大羹必有淡味，至宝必有瑕秽，大简必有不好，良工必有不巧；物件和人一样，人尚无完人，更何况是物。

我当时年纪小，对莫姜的话似懂非懂，一向崇尚完美主义的我，到今天才理解"大羹必有淡味"的含义，毕竟还不算晚。后来莫姜离开我们家时，把那个暗红的袜子板给了我，我却一次也没用过。时代变了，尼龙袜子风靡全球，这种袜子是永远不会磨破，永远用不着袜子板的。今天，人们又追求棉线袜子了，线袜子没等穿破就扔了，再没有露脚后跟之羞，总想用用莫姜的袜子板，总也用不上。有个朋友叫雅君，前年在筹建妇女博物馆，连哄带要，用一张捐赠证书换走了我的袜子板，拿去当了展品，展品的说明是"补袜子用具"，却不知它背后的故事更精彩。

父亲老是夸莫姜，夸的前提必定拿我当陪衬，一定是先说我哪儿哪儿做得不对了，然后是：看看人家莫姜……怎么怎么的……多规矩！

莫姜的性情静得像水，手却老不闲着，总是在做着与饮食有关的事情。在漫长的冬日，我与莫姜围炉而坐，我们凑在一起是因了火炉的温暖，因了屋里难得的一会儿太阳。我在折腾那永远搞不清楚的数学，莫姜不知在鼓捣什么，待我疲倦地放下书的时候，炉圈上则站满了洁白如雪的兔子、刺猬、鸭子、乌龟……都是莫姜捏的小点心，精巧美丽，里面的馅是豆沙和枣泥。我忘乎所以地将那些兔子、刺猬一口一个地往嘴里填，那时候还不懂得欣赏也不知道赞美，只是一味地吃，真是糟蹋了莫姜的功夫，愧对了那些艺术品。莫姜坐在对面，抬起她轻易不抬起的头，微笑地看着猛如饕餮的我，看得出我这毫不遮掩的性情让她高兴。

莫姜做饭的手艺是化腐朽为神奇，极普通的东西到了她手里就会变得绝妙无比。比如我们家后院那些堆积如山的松树枝子，一度成为累赘，偌大后院简直被搞得下不去脚。莫姜闲下来的工作是烧松树枝，正如她的性情，不是烈焰蒸腾地猛烧，是只冒烟不出火地慢燃，松树枝上架铁箅子，箅子上摆着她灌制的肉肠。跟街上卖的香肠不同，莫姜灌的肠是在锅里煮熟以后才上箅子熏的，并且只能用松枝熏才有味儿。一批肠要熏制十天，也不用管它们，肠在烟中，顺其自然。这种自制松肠成了我们家的传统食品，父亲拿它来待客，送人。都知道叶家的松肠好吃，慕名而来的大有人在，可是谁也做不出，因为哪家也没有那么多的白皮松枝子能长期点燃。莫姜的松肠走得很远，甚至出了国门到了英国和日本。几年光阴，两棵白皮松的枝杈生生被肉肠耗完了。

叶家主要受惠的是我，因了我跟父亲一样的馋，因了我好刨根问底的禀性，使我成为莫姜身后的一条尾巴。我喜欢钻厨房，从老王在的时候我就是那里的常客。母亲说我是厨子托生的，对这点我深信不疑，我喜欢厨房的味道和气氛，待在那种氛围中有一种安全感。我们家厨房的灶是用砖砌的，有两个火眼，可以同时蒸炒煎炸，灶膛内还砌有汤罐，以保证随时有热水，这都是老王留下来的。莫姜对我们家的炉灶相当满意，她说做饭全凭火，火跟不上，再好的厨子也得抓瞎。

莫姜在我们家待了近二十年。二十年，我从一个懵懂的小玩闹到一个能撑起家门、嫁不出去的老姑娘，真跟她学了不少，醋焖肉、樱桃肉、核桃酪、鸽肉包、奶酥饽饽、炸三角。自信已深得真传，要不是后来历史的变故，我相信我能当一个不错的厨子。就是今天，已近暮年的我，仍旧是我们家节假日的大厨。饭桌上，吃着吃着我就想起了莫姜，想起了那个女人传奇的一生，常常地走神。也有朋友买了材料，提着上门来，言明要学某某菜，倾心地教了，她们的味道总差着一层，作料工艺都对，缺的是莫姜那不温不火的心劲儿。

莫姜做得最多的是醋焖肉。有用啤酒烧肉的，谁也没想过还有用醋烧肉的，并且还必须是江南香醋。醋一次用半斤，真正的"醋焖"，而绝非点到为止的点缀。醋焖肉不是酸的，是地道的咸甜口，吃到嘴里烂而不柴，爽而不腻，恰到好处。相比之下樱桃肉的做法就简单多了，樱桃肉是把肉切成小丁，加上作料，与鲜樱桃一起装在罐里煨，头天晚上搁炉子上，第二天中午才能吃。这十几个钟头的煨，将樱桃的色味与肉融合在一起，食之如天上珍馐。

莫姜做的吃食，基本是满族口味，我最爱吃她做的鸽肉包。鸽肉包满族又将它称作"包"，是一种游牧民族的饭食，并非汉族的肉包子。莫姜会做，父亲会讲，谈到"包"的出处，父亲说"包"具有纪念意义，明朝万历四十六年七月五日，老汗王努尔哈赤领兵打仗，走到一个叫清河的地方，一点吃的也没有了，清河的农民给努尔哈赤送来了几只鸽子、一些白菜，汗王把鸽子烤熟了，和着米饭用菜叶包着吃了。有人问这叫什么，努尔哈赤说叫"包"。打了胜仗，"包"也成了满族的传统吃食。

可是粗犷的"包"到了莫姜手里立刻变了模样，非是平常旗人家所做的白菜叶子包酱拌饭。莫姜的包非常讲究，得选上好的白菜心，要小要圆，只能包一把饭。再把小鸽子肉剔出来，切成丁和香菇炸酱，拌老粳米饭，点上香油，撒上蒜末，用拍过的白菜叶子包了，捧在手里吃，吃的时候包不离嘴，嘴不离包……只吃包不行，还要配上好的粥，冬天是羊肉粥，初春是江米白粥。

"口之于味也，有同嗜焉"。有了莫姜，一度父亲曾频繁地大请客，饭桌之上，宾客云集，一通大嚼，肴核既尽，杯盘狼藉。最让客人们开眼的是莫姜做的"熟鱼活吃"，一条糖醋大鱼端上桌的时候，鱼的嘴还在张合，浑身还在动弹。宾客都说这是绝活，一定要见见厨师，父亲让我到厨房去叫莫姜，莫姜不来，客人们憋不住，都跑到厨房来看莫姜。一位太太好奇地询问鱼的做法，大概也想回去如法炮制。莫姜说取活鱼，快刮鳞，开膛去脏，挂糊，垫着屉布捏住鱼头，将鱼身放入急火油锅中炸，再用糖醋汁一浇而成。我料定这位太太做不成功，因为莫姜没告诉她在鱼活着的时候要灌白酒，有了白酒的刺激鱼才能张嘴活动，神经才处于麻痹状态。当然，每个厨师在技术上都有自己的秘诀，不是有什么说什么的。

这样精彩的厨师母亲似乎并没看上眼，在我的感觉里，自始至终母亲和莫姜总是隔着一层，这种隔膜一直延续到她的离世，也没有更进一步地走近。在莫姜跟前，母亲时刻要体现出一种"救世主"的优越，在她的心里永远记忆着她从厨房端来的那碗豆汁，记忆着莫姜跟随父亲初到我们家穷途末路的落魄。她不止一次对莫姜说，莫姜啊，你说你是怎么混的，穷途潦倒，我不留下你，你就得流落街头，冻饿而死呀。

言下之意是提示莫姜要时刻感恩戴德，可莫姜偏偏地不会说传递感情的话，她只是低着眼皮说，是的，四太太。

母亲就不满意，私下说莫姜薄唇细眼，骨瘦肩削，一副贫穷之相，特别是脸上的疤，让她这辈子彻底完了，别再做富贵安泰之想。父亲则说，人不可貌相，海水不可斗量，疤痕是浮在的东西，疤痕之下，莫姜相貌平静像寒玉，神色清朗如秋水，那气质不是谁都有的。父亲这样在母亲面前称赞莫姜，倒让母亲说不出什么了。

其时莫姜已不年轻，将近六十岁了。

三

对于莫姜，我一直如雾里观花，看不透彻。问过她的手艺从何而来，莫姜说是跟男人学的。我说，就是那个砍你一刀的男人？

莫姜说刘成贵脾气坏但是手艺好，从十五岁就给王玉山打下手。我问王玉山是谁，莫姜说，您真不知道王玉山？

我说，我怎会知道王玉山，你知道教我"ㄅㄆㄇㄈ"的马玉琴吗？

莫姜摇摇头。我说，这就叫隔行如隔山。

莫姜说王玉山是西太后的大厨，擅长烹炒，老佛爷封他为"抓炒王"。抓炒腰花、抓炒大虾、抓炒鱼片都是拿手，王玉山做的抓炒里脊成为西太后的最爱。因为这道菜太普通，谁都能做，越是谁都能做的菜越能显出水平，王玉山能把普通菜做得不普通，这就不简单了。所以西太后走哪儿都带着他，就是庚子事变到西安，也没把他落下。我说，你那个浑蛋男人原来还是御膳房的。

莫姜说她的手艺跟刘成贵比差远了，刘成贵要是在我们家，能做出满汉全席来。我说，动辄拿菜刀砍人，谁敢用？你也是太窝囊，刘成贵要敢跟我动刀，我就抡烧火棍，演一出《杨排风》也未可知。

有事没事，我就跟莫姜提她的"浑蛋男人"，从莫姜嘴里我知道了，刘成贵是宫里的厨子，是"抓炒王"的徒弟。慈禧有自己的小厨房，叫寿膳房，在宁寿宫，沿袭的是顺治母亲孝庄太皇太后的寿膳房，以菜肴精细而著称。慈禧在南海丰泽园宝光门的北面和颐和园乐寿堂的东面都有自己的厨房，有厨师三百多人。光绪的御膳房在养心殿，他的御膳房按历制配备，用现在话说就是"大灶"，缺少细腻。光绪的皇后住在钟粹宫，也有自己的小厨房，是慈安太后留下的。刘成贵在颐和园寿膳房当差，在北宫门外租房子住，平时不进紫禁城。慈禧死后，寿膳房的厨师们大部出宫去了，刘成贵出宫后在北京东兴楼当厨子。东兴楼是北京的大饭庄，坐落在东华门外头，是专门接待军阀政客的地方，一般老百姓在那儿吃不起。创办它的人是宫里管书籍的，人叫"书刘"，很有背景。东兴楼的厨子分四等，"头火""二火""三火""四火"，"四火"必有十几年经验，还只有做汤菜的资格。在别人还在当"小力巴"的时候，刘成贵已经在东兴楼掌勺当灶了。宣统长大后，曾一度为养心殿御膳房的饭食粗劣而生气，将掌案叫来严加训斥。掌案详细禀报了慈禧小厨房的事情，宣统就把慈禧小厨房的人又叫回去在御膳房干。这样，刘成贵代替他的师傅"抓炒王"再一次进了紫禁城。

莫姜说她男人的坏脾气是出了名的，跟谁都闹不到一块儿去，要不是因了手艺好，早就被开了，所以他的周围一个知己的朋友都没有。在溥仪被赶出了紫禁城后，她男人自然也出了御膳房。我问莫姜是什么时候嫁给刘成贵的，莫姜说就是在他出宫的时候。开始也不知道刘成贵一身毛病，结了婚第三天，有人来家里拉桌椅板凳，才知道这些东西都是借的。刘成贵的好手艺挡不住他挣钱，但是好赌，钱在他手里就跟流水似的。输的时候，连家里的被卧褥子都让人揭了去，赢了就到花枝胡同找老相好去厮混。莫姜说那个常跟刘成贵来往的娼妓叫卫玉凤，穿着高跟鞋，涂着红蔻丹，烫着飞机头，露着大腿，很摩登，刘成贵在宫里当厨子时跟她就有来往了。我说，这也犯不着拿刀砍你呀，难道就一点情分也没有了吗？

莫姜说还是怪她，她性情太冷，相貌平常，没本事拢住男人，更何况她比她男人大，大八岁。我问莫姜这婚姻是怎么整的，怎找了个小女婿。莫姜低着头说，不说了吧……

刘成贵落魄无羁，不事生业，家计为之一空。砍人还不是最糟糕的，最糟糕的是他把莫姜给赌进去了，莫姜成了筹码，被输给了一个叫陆六的小混混儿。陆六来北宫门领人，一见莫姜，吓得掉头就跑，一来莫姜脸上的刀伤让陆六摸不着底细，二来莫姜的年纪也出乎陆六的想象。他不想找个妈，找个累赘。典当妻子，实属下流无耻，刘成贵无脸面回北宫门，从此销声匿迹，再不见踪影。有传说是成了"倒卧"，"倒卧"就是冻死在街头的人，赌徒刘成贵死在街上，一点也不稀奇。

我替莫姜庆幸，那个又赌又嫖的凶残男人，如若活着，还不知会给她带来怎样的灾难，还要增添什么样的伤痕。脸面是女人最重要的部分，一个女人的脸面被他人破坏了，那将是她人生的最大不幸，再无幸福可言。特别是我看到母亲在对着镜子描眉搽粉的时候，我往往为莫姜而悲哀。没有那个刘成贵，莫姜何以如今日这般寄人篱下，小心翼翼，谦谦为人？那个死鬼厨子，冻死在街头真真是活该极了！

莫姜说，个人有个人的命，不能强求，眼下这样，她很知足了。

我没有把莫姜的这些隐情告诉别人。我知道，谁都有自己不想让人知道的秘密，比如我，期末数学考试得了9分，我偷偷把成绩单改了，在9旁边又加了个9，这样的事情当然只有我自己知道，我是连莫姜也不会告诉的。做人得学会"守口如瓶"不是？还有，我喜欢我们班的男生刘大可。刘大可不喜欢我，我就让莫姜做了奶酥六品给他，并且说是我做的，以提高我的身价。奶酥六品让刘大可惊奇，小子哪见过这个，他爸爸是电车卖票的，每到一站都得下车，最后一个再挤上去，跟奶酥六品差得还远。得了奶酥的好处，刘大可带我去坐他爸爸的电车。坐电车是次要的，主要的是能单独跟刘大可在一起，从北新桥到东四坐了三站，把我激动得浑身哆嗦。这些我照实跟莫姜说了，不说我憋得慌，莫姜对此不置可否，说以后要吃什么点心尽管说，奶酥六品以外她还会做什锦点心、马蹄烧饼、豌豆黄、芸豆卷……

莫姜没把我送奶酥六品的事告诉家里大人，当然，她的事情我也不会到处张扬，彼此心照不宣罢了。

长期与莫姜相处，相入相化而不觉，竟也不觉得她怎么丑了。有时甚至还暗自庆幸她有这个疤，有了疤她才能留在我们家，要不，她指不定到哪儿去了，轮不到父亲把她捡回来。

那是一个炎热的夏日，母亲和父亲去听戏了，戏名是《鸿鸾禧》，没带我去，是因为改分的事情败露，老师找家长了。《鸿鸾禧》就是《豆汁记》，是荀慧生演的。荀慧生是京剧四大名旦之一，不能去看损失实在是大，心里就很不痛快。坐在廊下，托着腮，看着移动的日影，百无聊赖地发呆。莫姜给我端来一碗酸梅汤，对我说，女孩儿家家的，不能托腮。我问怎的不能托腮，莫姜说就是不能托。莫姜这样地"教训"我，都是在母亲不在的时候，当着我的母亲，她绝不会说我的任何不是，背过母亲，她会些许露出一点对我的亲近，但也是极有分寸。莫姜的酸梅汤在冰桶里冰过了，泛着桂花的香味，喝一口，全身通泰，美！

乌梅是我从西口"达仁堂"药铺买来的，桂花酱是院里桂花腌制的，两样东西混到一起竟然达到了如此美妙的效果。炎炎的盛夏，冰凉的酸梅汤，沉沉的四合院，干净利落的老太太莫姜，成了我永难失却的记忆。我给莫姜讲述父母去看的《豆汁记》，莫姜说她看过，是筱翠花演的金玉奴，筱翠花扮相很美，踩着跷，婀娜多姿的。我问莫姜在哪儿看的筱翠花，莫姜闭了嘴，再不回应。

莫姜进厨房了，我在院里扭扭捏捏地学唱金玉奴，"人生在天地间原有俊丑，富与贵贫与贱何必忧愁"，我觉着自己唱得不错，身段也好，将来如果不做厨子就去当戏子，这两个职业都是我的至爱。

二门里晃晃悠悠进来个老头儿，衣衫褴褛，落魄不堪，老头儿后头跟着个半大小子，趿拉着张开嘴的靸鞋，穿着大裤衩子，两人一样的脏臭，一样的龌龊。我问他们找谁，老头儿说找姓谭的。我说这儿没姓谭的，他说他打听半个多月了，就是这儿。小子接茬儿说，没错，就是这儿！

莫姜听到院里的说话声，破例从厨房走出来，站在东廊下，定定地看着来人，老头儿也一动不动地看着莫姜，站了半天，谁也没说话。突然，莫姜哇的一声哭了，蹲在地上用手捂着脸。老头儿有些慌乱，一双污脏的手使劲儿地抓捏裤子，木讷地说，我对不住你……莫姜。

莫姜说，你还活着？还活着……

我问老头儿是谁，老头儿说他是刘成贵。我说，你不是死了吗？

刘成贵说，我活着跟死也差不多了。

我说，你把莫姜卖了，莫姜现在跟你一点关系都没有，还来找她干什么？

刘成贵说，我错了……

莫姜脸色白得像纸。我问莫姜，这老头儿果真是刘成贵，莫姜点点头。"死去"的人又复活了，这事变得有点复杂，我一时不知怎么办才好。刘成贵气力有些不支，挪了几步坐在台阶上，看见我那碗没喝完的酸梅汤，问我他能不能喝，我没言语。他许是渴得狠了，还是端起来喝了，喝完说，乌梅是药铺买的，一股党参黄芪味儿，桂花不能用蜜渍，得用绵白糖。

不愧是大厨。

半天，莫姜缓过劲儿来了，问刘成贵有什么打算。刘成贵说他现在这副模样还能有什么打算，兜里没钱，身上有病，除了莫姜，他再没别的亲人了。莫姜说，回来也好，咱们好好过日子，有我一口就有你一口。

我说，莫姜，你可想好了，他是只狼！

莫姜含着眼泪对我说，您说我能怎么着呢，摊上这么一个男人。

刘成贵说，我们是敬懿太妃指的婚，名正言顺的。

我说，吓，去你的太妃吧，坑人不浅！

我们说话的时候，那个半大小子就在院里转，看着敞亮的北屋说，爸，咱们今天就住这儿吧？

莫姜说这里是住不得的，这儿是叶四爷府上，四爷和太太马上就回来了，有话到外面去说。小子不听，索性在父亲的躺椅上躺了下来，摇来摇去，把椅子弄得嘎吱嘎吱响。小子对莫姜说，你住哪儿我爸就住哪儿，我爸住哪儿，我就住哪儿。

我问这个无耻的小子是谁，小子说他是刘成贵的儿子，按规矩，他应该管莫姜叫娘。莫姜有些手足无措，刘成贵解释说小子叫刘来福，他娘姓卫，死了。

嘀，妓女卫玉凤的后代。

我不知这出戏该怎么往下演。

太阳西沉，是散下午戏的时候了，父母亲马上就要回来了。莫姜脸憋得通红，转了几个圈说做下人的，不能给主家儿添乱，只要出去，怎么着都好说。小子大大咧咧地说，我们要吃的住的，穿的戴的，使的用的……又补充说，住的不能窄憋，穿的不能寒碜，吃的不能凑合。

我看出来了，这小子年纪不大，是个混混儿，无赖。我说，你真不要脸！

小子现在成了主角，眉毛一挑说，这是我们家自己的事。

刘成贵说，现在能有碗荷叶粥喝最好，就八珍鸭舌，解饥又下火。

一切好像倒过来了，好像是莫姜亏了他们，欠了他们，让他们受苦受难了，在他们面前，莫姜得赎罪。

好不容易，莫姜带着刘成贵走了。父母的晚饭是我给做的，初试牛刀，小露锋芒，印证了我的模仿能力和动手能力，海米冬瓜汤，肉片焖扁豆，胡桃鸡丁，都是夏日的家常饭菜，都是临时急就而成，不需慢功烹制的。父母到家时，饭菜已经摆到桌上了。

父亲在饭桌上大赞荀慧生的《豆汁记》改得好。原来的《豆汁记》是以大团圆结尾，即金玉奴被林大人从江中救起，以义女名分许配莫稽，洞房中一通棒打后，夫妻和好。经荀慧生一改，变成了洞房内一通棒打，将莫稽以忘恩负义、害人性命的罪名撤职查办，以金玉奴"多谢义父为我报仇雪恨，回家去勤操劳做针业，我侍奉爹尊"结束。既善恶有报，又出了气。

我告诉父亲，这顿饭完全出自我的手之后，父亲惊奇地说，丫儿长本事了，已经能够"侍奉爹尊"啦。

母亲问我莫姜在干什么，我说一个叫刘成贵的，带着儿子刘来福找来了。母亲看着父亲说，莫姜说过是无亲无故的……怎么有男人还有儿子？

父亲沉吟了一下说，莫稽没想到金玉奴成了林大人的女儿，金玉奴也没想到自己婚姻一场，临了还得回家去"做针业"……世间出人意料的事情很多很多呀。

母亲说，她来的时候莫稽一样的可怜，是我们一碗豆汁救的，收下了她。这倒好，她站住脚了，家眷也来了，敢情"莫稽"身后有一大家子人。

父亲问我刘成贵怎么打算，我说刘成贵要吃八珍鸭舌喝荷叶粥。父亲一听就乐了，说这个刘成贵是个内行。母亲把碗一推，让父亲赶紧拿主意，父亲的回答只四个字，"顺其自然"。

我知道父亲是舍不得莫姜那精湛的厨艺。

那晚莫姜没有回来，如何应对那一对父子，我替她发愁。

四

莫姜走了，母亲不得不再次下厨，我们家又恢复了炸酱面、熬白菜的岁月。现在，我和父亲想念的再不是厨子老王，而是他他拉·莫姜。我才知道，莫姜姓谭，辛亥革命后，满族人多随汉姓，正像我们家"叶赫那拉"，姓了"叶"一样，"他他拉"就姓了"谭"，莫姜应该是谭莫姜。后来实行了户口制度，登记的时候莫姜却又没姓"谭"，还是姓"莫"。

山中无老虎，猴子称大王。没有了莫姜，我便成了大厨，只要学校没有课，我的大半时间全扎在厨房里。之所以心甘情愿地与红盐白米打交道，是缘于我与生俱来的对厨艺的偏爱，就像我后来偏爱的文学。做饭和写文章是相通的，在谈论文学创作时我常用做饭来打比喻，写文章好比和面，初写成不过是刚把面和成了一个团儿，面得不停地揉，文章得不停地改，面里的疙瘩揉开了，文章里的硬伤病句改过了，只是完成一半。还不行，面得搁在一边饧，最少得饧俩钟头，文章得搁，最少搁半个月，饧好的面再揉，搁过的文章再改，基本就可以拿出去了。急茬的面（疙瘩汤除外），急就的章（除非天才），一般禁不住推敲。火候到了，饭就熟了，人品到了，文就熟了，就这么简单。大家听了笑我，笑我的文学理论就是一个主题——"吃"。

莫姜饭做得好，是莫姜火候把握得好；莫姜是不会写小说，倘若她能写，应该是大家。

依着父亲"顺其自然"的态度，我们尊重莫姜的选择，是去是留全不干预。晚上，看着莫姜空荡荡的小床，看着月影在房内的移动，我难以入睡，不知莫姜在哪里……

一个月后，莫姜回来了，憔悴了许多，却依旧地干净利落。这使我想起了"托身已得所，千载不相违"的古训，莫姜是个知情知义的人。她没有解释刘成贵的"死而复生"，也没有谈论那平地冒出的儿子，只是说给我们添了麻烦，对不住四爷四太太。

父亲给她加了工钱，每月十五块，就算是我们正式地雇用她了。

莫姜不再与我同住，她每天回家了。她在王驸马胡同一个杂院里租了两间南房，竟然和那个赌徒加凶手过起了日子。后来我才知道，莫姜是把那个翡翠扁方卖了，用那钱安顿了这爷儿俩。王驸马胡同，离我们家不远，隔着一条街，每天早晨莫姜早早就来了，晚上吃完晚饭，收拾完了才走。我不理解莫姜为什么要接纳刘成贵，也不能想象她和那个浑身馊臭的老头子躺在同一个炕上会是怎样一种情景。谁把我卖了，我会记恨他一辈子，谁砍我一刀，我永世不会原谅他！说得好听莫姜是善良，是宽容；说得不好听就是贱！我没好气地对莫姜说，告诉那个浑蛋啊，不许他上我们家来。

莫姜说，他不来，他在东直门外粉坊帮忙呢。

粉坊是把绿豆做成粉丝的地方，终日蒸汽腾腾，汤水淋淋，粉坊的附带产品就是豆汁和麻豆腐。无论是豆汁还是麻豆腐，都是不能登大雅之堂的粗食，羊尾巴油炒麻豆腐再好吃，不上菜谱。一个皇帝跟前的御厨，沦落到做豆汁的份儿上，也算是"地覆天翻"了。该着！

我说，那个糟老头子，站也站不稳的，还能在粉坊干活儿？

莫姜说，怎么是糟老头子，他比我还小呢，小八岁。

我说，他得靠你养着吧？

莫姜说，过日子，能说谁养活谁呀？

明显地，莫姜已经站在"老浑蛋"的立场上说话了，轻描淡写，息事宁人，以忍为阍，苦头吃得还不够。

莫姜说刘成贵"不会来"，刘成贵还是常偷偷摸摸往我们家跑。刘成贵来了，不敢进二门，只是躲在东南角厨房的小院里，怕我看见，知道我最不待见他，常常是打听好了，趁我不在的时候来。比起莫姜来，刘成贵有些老态龙钟，不唯腿脚不利落，手和胳膊还发颤，一代名厨现在连炒勺都掂不起来了，这叫恶有恶报。有时候刘成贵被我在门道撞见，他会惶恐地闪在一边，不敢拿正眼瞧我，嘴里嗫嚅着，我来给她……送点东西……

我根本不理他，就像没看见一样地从他跟前走过去。这种无言的鄙视是最好的报复，不是为我，是替莫姜。

再看见他，手里果然提着东西，不是麻豆腐就是豆汁，以证实"送点东西"是不虚。

父亲似乎不反感刘成贵，有时候知道刘成贵来了，就把他叫到里院来聊天。刘成贵进里院从不走垂花门，而是由厨房的小门进，顺墙溜，沿着东廊进北屋，进来也不坐，垂手站着，以示卑微。我一见他这副孙子模样就反感，就拿眼瞪他，想他抡菜刀的时候是何等凶恶，何等无情，现在装得跟避猫鼠似的，骗谁呀，狗奴才！

父亲让他坐，他说不敢。父亲说现在解放了，都是人民了，没有了高低贵贱之分，没有那么多礼数了。刘成贵还是不坐，还是站着，说他站惯了。父亲说，你成了《法门寺》里的贾桂，站惯了。

刘成贵说，四爷跟西太后是本家，看在老先主儿的分儿上我也得站。

我说，让他站着，没让他跪下就便宜他了。

父亲惊奇地看着我，不满地说，你什么时候学得这样刻薄，老刘师傅头发都白了，你跟一个老人能这样说话？有工夫我得上你们学校一趟，跟你们的校长谈谈，把学生都教育成这样不行。

我一掉大屁股，出去了。

父亲跟刘成贵聊的多是吃饭的事情，扯什么满汉全席一百三十四道热菜、四十八道冷荤的内容，不厌其烦地用纸记了，说是要写文章。那时候父亲刚进政协，对搜集文史资料充满了热情，一礼拜恨不得写八篇文章往上递，说有些东西不写下来就丢了。父亲是光绪十四年生人，被慈禧派出去留学，学成回国，老佛爷驾崩了，到了也没目睹上老佛爷真容。刘成贵是见过慈禧的人，据他给父亲介绍，老佛爷精力充沛，食量惊人，只要肚子稍稍感觉到空，只要是没什么事情好做了，就得吃东西。有一回在颐和园景福阁刚吃完小吃，往谐趣园走，景福阁和谐趣园相隔不远，几步路，还是下坡，老佛爷不要坐辇，说要遛遛食儿。走着走着突然停下来，不知为着什么，要吃鱼羹，厨子就得拿出带着的小灶，当场制作，当场品尝。刘成贵说，老太后实际是死在嘴上，您太贪吃，太没有节制。有时候半夜醒了还要吃"烧猪肉皮"，最喜欢的清炖肥鸭几乎顿顿要上，夹肉末的马蹄烧饼和炸三角要吃刚出锅一咬流油的，一个七十多岁的老太太怎禁得住这些油腻！深秋时节，秋燥，调理不当，拉肚子了，成了痢疾，硬是拉死了……宫里的御膳并不都好，太精细，吃几顿可以，老吃就停在肚里不走了，弄得皇上和几位太妃的胃肠都不好。民间吃得糙，大眼窝头麻豆腐，绿豆杂面腌菜帮，吃着舒坦，拉着痛快。

这些话，好像不应该是从御厨嘴里说出来的，刘成贵自己在砸自己的行当。几十年后我才悟出刘成贵的道理：器具质而洁，瓦瓮胜金玉；饮食约而精，园蔬逾珍馐。布衣暖，菜根香，恬淡平静的百姓日子是最弥足珍贵，最舒服养人的。

此经验非一番磨砺不能悟出。

自从刘成贵在父亲的怂恿下开始登堂入室以后，东直门外粉坊的豆汁和麻豆腐就经常在我们家的饭桌上出现。豆汁和麻豆腐同属绿豆淀粉和粉丝的下脚料范畴，将绿豆泡涨，捻皮，加水磨浆，倒入大缸发酵，下沉者是淀粉，上浮者是豆汁。豆汁酸而浊，一股泔水味儿。麻豆腐是做粉丝的剩余物，颜色青绿，有豆腐渣的嫌疑。刘成贵是个狈，动嘴不动手，在他的指导下，下里巴的麻豆腐被莫姜做得精致无比。羊腰肉切丁，香油烹炒，放入青豆、雪里蕻、胡萝卜丝，单搁出；再炒黄酱，将蒸过的麻豆腐倒入，炒至香味四溢再把备好的作料掺进去，充分融合，起锅，盛入淡青色盘中，中间打个窝，浇上现炸的辣椒油，四周撒上青韭，一盘色香味俱全的炒麻豆腐就可以端上桌。炒麻豆腐的味道往往传得很远，胡同里一旦飘出那特有的香味，人们便知道，叶家又在吃麻豆腐了。相比，豆汁的做法比较麻烦，刘成贵在送豆汁的时候还要捎带从东直门棺材铺带些锯末来，熬豆汁切忌滚开大火，大火熬的结果是渣是渣，水是水，在锅里还浑然一体，盛到碗里，不待上桌，便汤水分离了。刘成贵的做法是，豆汁烧开用锯末熬，点着的锯末永远处于似燃非燃状态，豆汁便永远处于似滚非滚模样，水乳达到充分交融，喝起来酸中带甜，酵味实足。父亲翻出一本老旧的书，上头有说豆汁的，"糟粕居然可做粥，老浆风味论稀稠。无分男女齐来坐，适口酸咸各一瓯"。

鸡鸭鱼肉固然高贵，却不如其貌不扬的豆汁滋味悠长。

但是我拒绝刘成贵拿来的豆汁和麻豆腐。这些吃食，隆福寺小吃摊上都有，不稀罕"老浑蛋"的赐予。

我已经上高中了，活动的范围和自由程度都非小学时代能比，对同班同学顾寅颇有好感，下学常约了顾寅到隆福寺东边夹道去喝豆汁。摊上的豆汁尽管没有家里的地道，但是有焦圈可配，还有咸菜丝。更主要的，是有顾寅在旁边，并不是为了喝豆汁，我们主要是欣赏豆汁摊的环境，头顶一个白布棚子，一个绷着脸、目不斜视的老头子，两条长板凳，一张小矮桌，周围是闹哄哄的人，左边是卖炸灌肠的，右边是卖切糕茶汤的……这是谈恋爱极好的地方。

此时的我，再不会让莫姜做奶酥六品来为我壮门面，足见我对这场恋爱的认真。

三年经济困难时期开始了，粮食日趋紧张，副食也开始计划供应，每人每月四两清油，一斤肉，连碱面和肥皂也要用购货本去买，莫姜纵然有天大本事也再做不出一咬流油的炸三角来了。父亲的单位里，干部们主动削减粮食定量，党员带头，从三十斤减到二十八斤、二十四斤。父亲说他每月有十斤粮食足够了，为保险起见，他给自己定了十二斤定量。依着父亲的算计，在那些红焖笋鸡、清蒸鲋鱼、烧鹿尾、烤羊腿以外，也真的吃不了多少饭了。单位领导没有理会父亲的想法，很理智地给定了二十八斤半，为此父亲还愤愤不平，认为人家挫伤了他的积极性。

莫姜有些失落，有几次我到厨房去找吃的，看见她挓挲着手在厨房里转，不知道该干什么。粮食按说不少，却突然变得不够吃，每月24号一大早就得到粮店排队，买下月粮食。父亲因了他的职务，每月多有供应，但极有限，无非是些黄豆和伊拉克蜜枣，有时是几斤咸带鱼。莫姜不会做咸带鱼，她拿着那干瘦的长条问母亲，是用温水发还是上屉蒸？我由此推断，慈禧老太太是绝没吃过咸带鱼的。

连青菜也少见了，入冬，每户每人配给了五斤粮票的白薯，一斤粮票买六斤白薯。我们家用架子车拉回一车，堆在院子里，父亲见了那些白薯高兴地说，这回可以吃拔丝白薯了。

莫姜愁眉苦脸地说，四爷，拔丝好做，油呢？糖呢？

父亲说他就是说说而已。

有人发明了用"双蒸法"做米饭，据说可以多出三分之二的饭量。街道上推广，母亲让莫姜去学，莫姜不去，母亲去了，回来照章操练，把米先炒了再蒸，果然爆米花似的发起不少，母亲很高兴。莫姜说，米还是那些米，哄了眼睛哄不了肚子。

母亲还学会了做人造肉，吃小球藻，净弄些莫名其妙的东西让我们吃。

那一阶段，莫姜和母亲常出东直门，到人家收获过的地里去捡剩儿。捡剩儿的城里人挺多，老娘们儿为半截萝卜、一块菜帮而打架。逢有争执，都是母亲出头，莫姜不会吵架，她连大声说话也不会，她只会用头巾遮着半张脸，在旁边呆呆地站着。母亲回来，得意地张扬着她的收获，莫姜则一头扎进厨房再不出来。好像一切都变了，都倒过来了，南营房穷丫头出身的母亲在此时此刻展现了她无可替代的优势。

饮食问题变得越发严酷，不少人出现了浮肿，莫姜面对的不再是抓炒芙蓉鸡片、滑熘鱼片，而是如何向我母亲学做疙瘩汤，如何将豆汁饭做得黏稠腻糊。当我发现自己的腿按下去也成了一个坑的时候，母亲哭了，一向"顺其自然"的父亲也背过身长长地叹了口气。

父亲不顺其自然也得顺其自然了。

我们期盼着刘成贵送来豆汁，在饥饿面前，我再不能矜持，即便是"老浑蛋"拿来的东西，也照喝不误了。

粉坊成为国营，还在生产着淀粉和粉丝，市面上豆汁和麻豆腐早已绝迹。刘成贵负责夜间看门任务，大约是本单位的职工，还时时能分得一些豆汁。"老浑蛋"提着豆汁，迈着蹒跚的步子，进东直门，拐南小街，将豆汁送到莫姜手里……我不能想象，如果没有东直门外那个国营的粉坊，没有刘成贵和那些随时供应的豆汁，我那年迈的父亲是否能熬过那艰难的岁月。

不知是我们家的豆汁救了莫姜，还是刘成贵的豆汁救了我们。

想起了莫姜的话：过日子，能说谁养活谁呀？

五

转眼到了1966年，那年莫姜整七十岁，过完了七十岁生日莫姜提出辞工的要求。

莫姜已经没有精力料理我父母亲的一日三餐，刘成贵成了她生活的一大负担，六十二岁的刘成贵早早地落了炕，瘫痪了。年中我给莫姜送钱去，是父亲的意思，为的是不忘莫姜二十来年在我们家的好处。我在杂院的小南屋见到了刘成贵，见识了那个简单得不能再简单的家，两把椅子一张床，一个摇摇晃晃的桌子，桌上茶盘里有两个磕了边的茶碗，一把有"孙悟空三打白骨精"图案的茶壶，正面墙上贴着五年前的奖状，是奖给民兵打靶第一名刘来福的。刘来福在京郊一家国防工厂当工人,自从当了学徒以后就淡出了这个家庭,在厂里住集体宿舍,逢年过节也不回来,也不给家里钱。我知道,以莫姜的恬淡性情不会和刘来福去计较,在我看来,那个是非小子能独立出去也未必是坏事,有他在家里掺和只能是添乱。

刘成贵坐在炕上歪着脑袋流着哈喇子,脖子上婴儿一样围着小围嘴儿,见我进来,嘴里呜啦了半天,不知说些什么。莫姜说刘成贵吃喝拉撒全得人照顾,心里什么都清楚,就是说不出话来。

莫姜问我父亲的情况,我说医院检查出是胃癌晚期,这病挺麻烦。莫姜说,四爷是好人。

我看着莫姜给刘成贵喂饭,一勺一勺把些个糊状的东西喂进那张㖞斜的嘴里,刘成贵边吃边顺嘴角往外流,莫姜就得迅速用碗边接了,用手巾把嘴擦净,再喂下一口。其细致与耐心,不异关照一个婴儿。碗里的糊糊散发着热气也散发着香味,那是我从未闻过的味道。我问莫姜喂的是什么,莫姜说菜汁、黄豆大米面加鸡蛋黄。我说刘成贵口福不浅,还有鸡蛋黄吃。刘成贵呜啦了几句,莫姜翻译说,他说了,要是用甲鱼汤再加点嫩羊肝煮,就赶上西太后喝的什锦粥了。

阳光照射在屋内,光线中飘浮着细细的微尘,一切似乎都变得很柔和。刘成贵一脸的满足,一脸的幸福;莫姜一脸的平静,一脸的爱意。折腾了一辈子的夫妻,到了竟然是这样……

这样的日月大约是老夫老妻们必要经历的过程吧。

我父亲的病一日重似一日,我三天两头跟父亲的单位要车去医院,单位开始还给派,后来连人也找不着了。老三被关在牛棚里，我只得借隔壁人家的平板三轮拉父亲去医院，我在前面蹬，母亲在后头推。我想，亏得是老夫少妻，否则我的车上得拉俩。医院里空空荡荡的，大夫护士都去"造反"了，母亲没了辙，只会掉眼泪。

父亲瘦得成了一把骨头，无论是八珍鸭舌还是豆汁稀饭，对他都没有了意义，他的生命如摇曳的油灯，在"顺其自然"中渐渐熬尽。

一件绝想不到的事情发生了，一个燠热的早晨，刘来福领着一伙人到我们家"造反"了。刘来福已经改名叫作"卫东彪"，是随了他母亲卫玉凤的姓。也就是那天，我才知道刘来福并不是刘成贵的亲子，而是卫玉凤的遗留，他的真父亲是谁，无从查考。卫东彪自言苦大仇深，她的母亲被万恶的旧社会迫害致死，刘成贵名为继父，待他实同奴隶，非打即骂，不给饭吃，使他幼小的身心受到极大伤害，是可忍孰不可忍，他不能再沉默，他要造反了，造这个日本汉奸的反！

我听了半天，敢情跟我们家没什么事儿，就说，有账你找刘成贵算去，我们家姓叶！

这下卫东彪炸了，将皮带狠狠一抡，发出嗖嗖声响，指着我说，别以为革命群众不知道你们的底细，叶赫那拉，你们窝藏了谭莫姜几十年，谭莫姜是什么人？谭莫姜是漏网之鱼，是封建主义的残渣余孽，你们家跟她是一丘之貉！刘成贵是你们家座上之宾，刘成贵是伪满洲国汉奸头子溥仪七品顶戴的副庖长！

"造反派"一听这揭发都很兴奋，开始喊口号，打倒我父亲，让我父亲出来接受批斗。有人开始往墙上刷大标语，卫东彪领着人往屋里冲。

莫姜不知从哪里闪了出来，揪住了卫东彪的胳膊。莫姜脸上那道生硬的疤在太阳下泛着红光，苍白的头发衬得那张脸绝望而凄迷，任谁看了这张脸，心都会发出无法抑制的战栗。莫姜说，我自己的事我自己担着，我不过是叶家的一个厨子，一日三餐，按月拿钱……

卫东彪抬手照着莫姜的脸就是一巴掌，清脆的响声让在场所有的人吃惊了。卫东彪说，你的账待会儿算，饶不了你，我现在要找的是叶老四！

卫东彪还要往屋里闯，莫姜拦在卫东彪前面不让进，两个人扭在一起，突然莫姜扑通一下跪在卫东彪面前，嘴里喃喃地说，孩子，我求求你了……

卫东彪说，谁是你孩子？你不要混淆阶级阵线，我告诉你，凡是敌人反对的我们就要拥护，凡是敌人拥护的我们就要反对！

院内口号阵阵。

母亲架着近乎弥留状态的父亲出现在房门口，父亲惨白的面容、深陷的眼窝让所有的人害怕，有人开始往后退了。卫东彪没想到父亲是这般模样，大约也是怕吃不了兜着走，带着大伙很猛烈地喊了半天口号，草草收兵了。

莫姜没有走，嘴里不停地说着"对不住四爷"，眼泪簌簌地流。后来她随我回到西屋内，在她的小床上坐了，平静了一会儿对我说，我没想到会是这么一种结局，平白给你们添了这些事儿……咱们在一起住了近二十年，往后怕也没见面的机会了，有些话这辈子想着本不必说了，可还得说……

他他拉·莫姜，镶蓝旗，河北易州常各庄人，十一岁被选入

159

宫，充任寿康宫宫女。寿康宫是同治妃瑜妃住处，宣统即位，尊瑜妃为敬懿太妃。莫姜在寿康宫是专职打点太妃用膳的，对于宫廷菜熟稔而有研究。1924年11月，鹿钟麟向退位的溥仪交国民政府大总统令，更改优待清室条件，命令溥仪即日下午出宫。仓皇之中，溥仪和一部分太监、宫女于下午四点从御花园出顺贞门，登车移居什刹海后海北河沿的醇亲王府。溥仪一走，御膳房解散，厨师们散去，各自谋生，这其中也有刘成贵。

刘成贵在为溥仪服役时，敬懿太妃要招待娘家人，一度将刘成贵借到寿康宫厨房帮忙。老太妃赞赏小厨子的手艺，特赏银子三十两，白玉扳指儿一个。当得知小厨子还没有成家，尚且单身一人时，老太妃顺便就将旁边伺候吃饭的莫姜许给了厨子。老太太老眼昏花，也没问问双方年纪，金口玉言，板上钉钉，就把事情定了，言明莫姜出宫时成亲。宫里的宫女不像太监终生在宫中当差，宫女一般到二十岁就要出宫，或嫁人或回家，宫廷里没有白发苍苍的老宫女。莫姜二十八岁了，早已过了年龄，只是没有合适替换人选，一直留在太妃旁边，成了一个老姑娘。刘成贵当时还不满二十岁，太妃指婚是件光彩的事，不敢拒绝也不能拒绝。当知道太妃身后站着的那个并不漂亮的宫女已经二十八岁的时候，心里是一百个不愿意。

莫姜想得简单，太妃既然指派了，嫁鸡随鸡，嫁狗随狗，后半辈子终是有了依靠。

11月5日，溥仪带领一干人等离开皇宫，皇宫内还有三个老太妃没有安置，一个死的是光绪的瑾妃即珍妃的姐姐瑞康太妃，其灵柩还没来得及安葬，两个活的是同治的两个妃子，荣惠太妃和敬懿太妃。两个老太太一起摽劲儿，誓死不离皇宫。太妃们不是皇上，谁也不能把俩老太太硬扔出去。民国政府让前清室总管内务府大臣绍英去给老太太们做工作，做的结果还是不出宫，但是答应两人搬到同一个宫里居住。太妃们虽然比皇上硬气，也终不过抵抗了半个月，11月21日，绍英等人准备了两辆汽车，把俩老太太接出皇宫，移至北兵马司大公主府居住。

临行头一天，敬懿太妃托人把刘成贵叫了来，将莫姜郑重其事地交给了他，让他好好待承这个在她身边服务了十七年的老姑娘。敬懿太妃说莫姜不漂亮，但是懂礼数，性情温和，是她一手调教出来的，娶了莫姜做媳妇是祖上积了阴德，是大福分。刘成贵跪在殿内地上只有磕头的份儿，他做不了老太妃的主。敬懿太妃说，这是天赐良缘，也是我们老姐俩临走做的最后一件好事，夫妇和而后家道成，出去好好过日子吧。说着将一个翡翠扁方送给了莫姜说，东西虽不值钱，却是我用过的，你留个念想吧。又对刘成贵说，娶媳求淑女，勿计厚奁，想你有好手艺，我才把她给了你，怎么着也是我身边的人。

荣惠太妃指着殿外庭院里的一棵黑枣树吟道，门前一株枣，岁岁不知老。阿婆不嫁女，哪得孙儿抱。小厨子你听着，来年得了儿子，记着到我坟上告诉我一声。

刘成贵赶紧说，老太妃说差了。

"天赐良缘"给莫姜带来无尽的灾难，刘成贵为还赌债，将家里东西一卖再卖，值钱者也就剩了那个扁方。长者赐，少者贱者不敢辞。莫姜将那个扁方随时带在身边，那是她十七年经历的认证，一旦失去，走过的岁月便也失去了……脸上挨那一刀，就是刘成贵为索要扁方不成恼羞成怒砍的。

溥仪上了长春，在长春成立了伪满洲国。不满意东北的厨子，带去的人手又不够，给旧时养心殿御膳房的老人手带话，希望过去帮忙。大家反感日本人，也不愿意伺候伪满皇帝，都不去。"抓炒王"等老御膳房的人在北海五龙亭东边办起了"仿膳茶庄"，买卖红火。刘成贵没人缘，名声也不好，没人要。刘成贵索性一拍屁股扔下莫姜上了长春，投奔了溥仪。溥仪给封了个副庖长，待遇不薄。第二年将花枝胡同的卫玉凤连同儿子接了去，那儿子到底说不清是谁的，属于有妈没爹的主儿。

在东北刘成贵旧习不改，不唯赌，还抽，抽白面儿，钱没攒下，落了一身病。卫玉凤扔下儿子跟了个在满洲铁路工作的日本调度。日本战败投降，据说，调度和他的中国老婆都没有善终。伪满皇帝成了阶下囚，他的手下作鸟兽散，刘成贵衣食无着，流浪东北，冻饿中几近毙命。无奈中想起了莫姜，便带着刘来福进山海关，向京城方向迂回。

莫姜说，她一直以为刘成贵已不在人世，没想到，找了来。

我说，我父亲知道这些吗？

莫姜说，四爷全知道，只是不让告诉太太，说太太心底浅，装不下这么多事儿。

莫姜离开时，在父亲床前默默站了许久，末了说，四爷您好好的……

如以往一样，退后两步，转身离去了。

如果知道莫姜的想法，我会跟着她走，可惜，我当时没想那么多。

母亲冷冷地看着莫姜，她把这场灾祸归咎于眼前这个破了相的老太太。

院门外，满墙的大标语铺天盖地，滴墨如血，让人不寒而栗。夜深人静时，清凉月光下，我踯躅院中，不能入睡，心像是被什么东西揪着，不踏实，不知是为走了的莫姜还是房内的父亲。

第二天，太阳照常升起，天气照常闷热。

下午时候，3号的胡大妈悄悄跑进院里，低声告诉我说，在你们家做饭的莫姜死了。

我愣住了，脑子一时转不过来，昨天晚上还在我的房内说话，今天怎会殁了！胡大妈说，老公母俩一块儿死了，把蜂窝煤炉子搁屋里，窗户门都关得严严儿的，大夏天的，这不是成心不活了吗！

我撒腿就往王驸马胡同跑，跑到杂院门口，看见人们正把死人往卡车上装。刘成贵已经横在车上了，莫姜穿戴齐整，被四个人揪着胳膊腿，使劲儿一悠，悠了上去。后上去的莫姜半个身子压在刘成贵肚子上，姿势十分别扭，侧着的脸正好对着后车帮，半边头发披散下来，盖住了那条疤，这就使得莫姜的脸看上去平静而光润，像是睡着了。

我知道，莫姜睡觉就是这个样子，一动不动，无声无息。

站在车后，我默默向莫姜告别。车帮翻了上去，将我和莫姜遮断，从此是再不能相见了，但她将那些樱桃肉、芸豆卷、糖醋活鱼永远地留给了我。

不仅仅是这些吃食，留给我的还有那……一阵酸楚涌上我的心头。

拉着莫姜的汽车向胡同西口驶去，车后一溜烟尘。

西边天空，是一片凄艳的晚霞。

六

"文革"未结束,我便被分配到西北。

一晃四十年。

今年,在北京的一家不小的珠宝店里,我又看到了那根碧绿的扁方,它被单独摆放在一进门的位置。瑕疵依旧,晶莹依旧。如与老熟人相见,我俯身与它对视,彼此似乎都有话要说。店老板走过来说,您没见过这么漂亮的翠吧,这是我们的镇店之宝,无价。

我笑笑,夸他的"镇店之宝"珍奇罕见。店老板说这是古代的尺子,古代的一尺就这么长。我问他古代是哪一代,老板脱口而出,宋代。

老板说这个翡翠尺子是他们家几代的存留,在箱子里收着至少有几百年了,现在能重见天日,大放光彩,是他买卖做得顺畅红火,家里的宝贝也高兴了,想出来亮亮相。

脸不变色心不跳,比写小说的还能编。

我只好匆匆离去。

也想念豆汁,用锯末熬的豆汁,不是小吃店里的"急就章"。听说东城某名小吃店卖豆汁,先打的后坐地铁,千里万里地去了,买了一碗,还没待端到桌上,已经汤是汤水是水了,喝了一口酸水,咬了一口硬如皮带的焦圈,喝豆汁的兴味立刻皆无。

又听说京城开了不少卖老北京吃食的饭馆,有炸酱面、豌豆黄、豆酱、芥末墩什么的,其中也有豆汁。满怀希望地去了,一见那豆汁就傻了眼,稠糊糊不知勾了多少芡,使人对它的名分产生了质疑。叫过小二问碗里是什么，小二嫌我外地人少见多怪，告诉我是"豆汁"。

从网上看到东直门外的豆汁铺搬进了北新桥二条，我不知这个豆汁铺是不是就是当年刘成贵所在的那个坐北朝南的粉坊，想着应该是地道。借着进京开会的机会，到二条去打豆汁。头趟去人家卖完了，二回去排队，买了两舀子，装在塑料瓶子里，准备带回西北，亲自熬制。孰料，上飞机过安检被扣了下来，人家让我当场喝掉，我说没法喝，这是生豆汁，不是可乐。还是不让通过，只好割爱。

到现在没喝上日夜思念的豆汁。

到现在没见过莫姜那样的女人。

《十月》2008年第2期

子虚先生在乌有乡

东 君

一

木石居主人、房地产商姚碧轩过了旧历年就将衣锦归乡了。吃了分岁酒,他便带着一家老小坐车来到报恩寺,跟几个政界和商界的朋友约齐了,准备烧头香、撞吉祥钟。姚夫人究竟是体己,给他买下了报恩寺的头十二槌钟。报恩寺的钟是有些年头了,钟声幽远,可传好几里。每逢新年,报恩寺照例要举办迎新撞钟活动,一百〇八下钟,传出的已不是青铜之声,而是被放大的铜钱的声音。有此一说,一百〇八下钟是指一百〇八种烦恼,敲钟便是为了消除烦恼;也有一说,一百〇八下钟是指十二月、二十四节气、七十二候的总和。所以,报恩寺的吉祥钟便分成三段来卖,姚碧轩要的是头十二槌,一一分赠给几位朋友,剩下的,就让别人分摊了。敲完了钟,姚碧轩让夫人去招呼那些朋友,自己一人抄小径去了后院一个僻静的地方。后院还保留一些旧式建筑，有明代某位高官的读书堂的门台一座、清代县学泮宫牌楼一座，池边还有一株老桂，听说是某位高僧手植，但最古老的还是一座宋代的精舍。那里面只住一个和尚，法号聪辩。这座精舍很古怪，没有门，窗子代门，人要佝偻着腰进去。

姚碧轩站在门口有礼貌地问了一声，大师在否？没有人应答，但里面传出了聪辩法师念诵经文的声音。姚碧轩推开门，躬身进去。他把一个红包放在案角，默不作声地站在书橱前翻书，低头时，瞥见聪辩法师的脚下有一个钵盂，内有一只背上长着绿毛的乌龟，脑袋一伸一缩，仿佛也在听经。聪辩法师做完了功课，站起来，指着书橱里的佛经，自鸣得意地告诉他，这几个月他云游四方，从扶风法门寺、普陀山普济寺、姑苏寒山寺、天台山国清寺等地带回了好几部佛典。还有几部，就出人意料了，是基督教的书。姚碧轩指着一本意大利神学家的书，惊讶地问，你为什么会看这些书呢？聪辩法师笑着说，有些事你不能问，一问便俗。姚碧轩又指着那只绿毛龟问，那么，这位"贵客"又是从哪里带回来的？聪辩法师敛了笑容说，这是昨日我在路边摊头发现的，只剩下它一只，很是孤苦，就买了过来，也好陪我过年。你瞧它抬头的样子，好像也能听懂我在念什么。有时想想，我成天躲在这个小阁楼中，不问世事，一心事佛，不正像这只钵盂里的乌龟吗？我倒是很愿意拿乌龟自比的。姚碧轩说，你在这座寺庙里研修佛典这么多年了，不见得以后能当得上方丈，还不如随我去一个地方，我给你修一座寺庙，让你做一方之主。聪辩法师伸开双手，坦然一笑说，你看我这里，高一丈，长一丈，住的已是方丈之室，还要做什么方丈？聪辩法师把一根沉香线放入炉中，转身说，你好像有什么心事。姚碧轩坐了下来，说，是的，这些年我做房地产生意，让猪油蒙了眼睛，幸得大师指点，使我能在尘净之间有所领悟。现在我也上了年纪，有了落叶归根的念想，这回回乡，就是要为家乡做点功德。这些年，姚老板赚了满盆满钵的钱，太多了，怕压身，所以见好就收。这钱既然收了，就要找个可放处。放到哪里去？这是个问题。聪辩法师说，我在佛教网上查过一份资料，说你老家那边有一座很有名气的古庙，可惜现在已是香火冷落，你若是有心，就把一部分钱舍到那座寺庙里去。舍得舍得，有舍才会得。姚碧轩叹息一声说，以我手头的钱，可以造上百座庙，但未必能请得动大师您。聪辩法师心中一凛，双手合十说，姚居士，我们不如坐下来杀一盘棋。姚碧轩呵呵笑道，新年说杀字，似乎不吉利。聪辩法师摆摆手说，不妨不妨，佛家的禁忌太多了，不能杀人杀狗杀鸡杀鸭杀乌龟杀蚂蚁，在棋盘上总是可以杀的吧。姚碧轩也盘腿坐了下来，说一声，好。聪辩法师执黑，姚碧轩执白，聪辩法师照例要让三颗子。下完了棋，聪辩法师收起棋子，笑道，我知道你请我出山要做什么了。

正月初三那一天，木石居主人、房地产商姚碧轩带着车队浩浩荡荡地向自己的老家进发。姚宅村深藏在大隐山的深山之中，地图上恐怕也难找。这个村子有点神奇，乱世的时候，刀兵不侵，遇上凶年，也不歉收，但在太平盛世，反倒成了贫困村。姚碧轩人还没回家，早已派人打通了山路，修好了桥梁，造好了"木石居"。所以，车队刚到村口，县长、乡长、村民早已列队迎候，跟迎财神似的。到了牌坊口，就没有可容车辆通行的大路了。古时的县官到了这里据说也要停轿步行的。姚碧轩下了车，约步行两百步才进了村中。一股久违的气息随即扑鼻而来。那是腐烂在泥土里的草木的气息、花的气息、牲畜的吃食和它们拉出的粪便的气息，在那一瞬间把他鼻孔里的记忆全都激活了。在这里，随便打开哪一扇门，仿佛都能看到童年的影子；那些久远的贫穷和酸痛现在回想起来仍是美好的。所谓近乡情怯，就是忽然发觉眼前的一景一物浑然不似念想中的样子，好像在哪一处有点走样了，但又说不上，总之，是让人心底怯生生的，亲近不了。姚老板刚刚踏上故土，就跟舍舟登岸一样，双腿和脑子还有一点不着实的感觉。他的心神还没安定下来，县里头的官员和村支书们已上来迎接了。在鞭炮声中，姚老板也甩开大步上去跟他们一一握手。后面还跟随着两个秘书，向大家分赠姚老板的一本新著。大人小孩都围了过来，仿佛上学堂领新书一般。领到书的，都啧啧称赞，说这书真厚。

姚碧轩向村上的人介绍聪辩法师时，他们都只是冷冷地瞥上一眼，也没上去握手。聪辩法师看到那些住宅门口张贴的十字架，就知道为什么了。聪辩法师无人关注，乐得自在，便从喧闹中抽身出来，绕到一个空旷的地方，看看四面的山形。姚老板手下的人好奇，问他看什么，他指指点点说，这里的山，脉线很长，而且是大开大合，可收旺气。要知道，聪辩法师还是房地产风水师，姚碧轩相中一块地，先要让聪辩法师勘测风水，做成了之后还要请他给楼盘立向、定向，这样或那样，都是由聪辩法师铁口直断。这些年来，姚碧轩经手的楼盘之所以从未死盘，大半得力于聪辩法师的指点。那本大讲特讲风水文化与房地产开发的书，虽说是木石居主人姚碧轩著，其实是聪辩法师在竹榻蒲团间挥笔写就的。

聪辩法师正在看山脉时，姚碧轩的助理递上了一个钵盂，打开盖子,说,"糊涂先生"安然无恙。聪辩法师看了看,说,等一会儿到了住处,你就把它放在我的房间。"糊涂先生"是聪辩法师给那只绿毛龟起的绰号。至于它为什么叫"糊涂先生",谁也不晓得。

山居的日子赛神仙,但人间烟火还是要的。开灶之初,姚老板做的第一件事是按照乡俗,烧了一大壶茶水分赠邻里。第二件事就是煎药。姚老板看上去身体硬朗,满面红光,不带一丝病色,却偏偏要吃药,这就让人费解了。秘书小周问他吃的是什么药,姚老板便以卖弄学问的口吻说,我与常人不同,人家是有病吃药,无聊读书,而我是有病读书,无聊吃药。姚老板把煎好的药端到阳台上,坐下来,怡然自得地看着四周的山景。小周提着一份文件走过来,请他批示。姚老板皱了皱头说,住到这个清净的地方,我宁可拿这样一份让人头痛的文件换三帖苦药。把文件夹往茶几上一摆,做闭目养神状。小周带着几分尴尬说,这份文件是老板娘发来的,十分重要。姚老板看到小周温柔沉默地站着,双手垂挂,像一株宁静的小树,心底里忽然觉得有些过意不去,又拿起来看了几眼。他看文件的时候目光不由自主地滑到了小周身上。这让小周有些不安地绞动双手,好像她在什么地方做错了事。小周并不算漂亮,但她有一双漂亮的手,纤长、柔嫩、白净,这是一双适合给老板递文件的手。这样的手,只能看,不能摸,一摸,就毁掉了。毁的不是手,而是欣赏这双手的好心情。有人说,秘书就是一本秘密的书,是供老板一个人看的。姚老板同意这种说法。姚老板的床头倒是真的放着一本秘密的书,他一直没有翻看,却对它敬若神明。那本书被一层塑料薄膜严严实实地包裹着,还没有撕开,只是静静地摆放在枕边,如同神赐之物，临睡前他只要瞥上几眼，便可以安枕了。小周的手就是这样一本书，也是可以让人心神安宁的。姚老板谈不上有什么恋手癖，只是习惯于让一些东西通过小周之手转交给他。这样的感觉实在是好极了。小周见姚老板目光走神，就提醒了一句，姚老板立马回过神来，把文件草草看了一遍，沉吟片刻，又细细看了一遍，抬起头，摘下老花镜，吩咐小周说，你去请聪辩法师过来一趟。小周说，聪辩法师出去了。姚老板问，去哪儿了？小周说，游山玩水去了。姚老板微微一笑说，我知道他要做什么了。这里没你的事，下去吧。小周转身离开，姚老板打开茶壶，一缕细小的茶烟袅袅升起。姚老板的目光顺着烟指的方向望去，心底里忽然生出一种向往，那里，应该有很多白云，几个不太讨厌的老和尚，可以谈谈禅的。

二

聪辩法师带着一架照相机，独自一人向后山走去。走到半道，天气哗变，下起了雨，聪辩法师打起了早已备好的雨伞，继续前行。绕过一条狭窄的小道之后，山形豁然开敞，那里有一条小河，弯弯曲曲流向山外。对岸起了烟雾，隔河如隔世了。有钟声从雨雾里传来，十分清越。聪辩法师沿着一道板桥走过去，看见了一座破败的寺庙。寺庙周围散落着一些残垣断壁，隐约可见旧时规模庞大的寺址。聪辩法师拿起照相机照了一圈，然后踩着瓦砾走过去，门口横着一块石匾，上题：梅林禅寺。诵经堂里只坐着一个老僧，正在编织草鞋。雨水从屋顶的漏洞滴下来，正好落入一个大镬里，叮咛作响。大镬似乎也有漏，就搁在一个捣臼上。聪辩法师向前施礼后，忽然朗声念道，有漏有漏，有漏皆苦。漏是禅家的话头,指的是烦恼。老僧抬起头来,还了个礼问,你说的是哪个漏?聪辩法师指着屋顶说,是屋漏。又指着大镬说,也是镬漏。老僧说,我数着屋漏,便如数着佛珠,不觉着苦。聪辩法师拣了一个稍稍干净一些的蒲团坐下,对老僧说,梅林禅寺,徒有虚名,现如今不见梅林,也不见像样的寺庙,你还守着做什么?老僧说,这里什么也没有了,但还有一门禅风。聪辩法师说,这梅林禅寺是天造道场,就这样败落了未免可惜。如果有位居士要在这里重新盖一座大殿,你意下如何?老僧说,有一寸土即是寺,何须恁大的寺庙?聪辩法师觉得这个老僧说话不简单,就向他请教法号。老僧说他没有法号,这里的人都管他叫郑头陀,因此他就叫郑头陀了。郑头陀说自己在梅林禅寺住了整整一个甲子,他是在解放战争时期当逃兵逃到这里的,本意是借寺庙躲一躲的,不承想竟躲了一辈子。郑头陀说,他刚来的时候正是寒冬,天上飘着大雪,他进庙找膳宿,却发现里面的和尚早已跑光了,不留片席,也没有一粒米。他又饥又冷,躲在一尊佛像下面的稻草堆里直哆嗦。到了三更,冷风挟着雪花从墙洞口吹进来,他冻得不行了,蜷成一团,求佛祖赐给他片时的暖和。就在这时,佛像的一只木制手臂忽然掉了下来,落在他跟前,他也不管三七二十一,拿来就当木柴烧了,他坐在微弱的火堆旁,总算熬过了那一夜。从此他就在梅林禅寺住下来,还刮掉了三千烦恼丝,自称头陀。现在,这座庙里就四个和尚,除了郑头陀,还有三位分别是石头陀、王头陀和裴头陀。郑头陀指着门外边屋檐下一个正在接雨水的老僧说,喏,他就是石头陀。石头陀极瘦,直似骷髅上裹肉,肉外裹布。他是个聋子,绰号"木耳师父",意思是说他的耳朵像是木头做的,不中用。石头陀不礼佛,不念经，只是偶尔手持扫帚，但从不扫地。落叶齐阶，也不扫。照他的说法，狂风一吹，落叶自然飘走，不飘走的，迟早也要腐烂。人安于懒性，也便莫名其妙地带上几分仙气。聪辩法师走到门外跟他打招呼，他没理会，或许是因为耳朵听不见。聪辩法师很想见一见另外两个头陀，于是就向郑头陀打听。郑头陀说，王头陀就在钟楼里，裴头陀不在，恐怕是又去吃酒了。聪辩法师说，我方才听到钟声，才晓得这里藏着一座古庙，这钟听起来似乎有些年头了。我细数了一下，钟声长达百秒，是上好的古钟。郑头陀说，看来你是行家，这古钟已有好几百年的历史了，我们四个老家伙的年龄相加起来也没有它老，我不妨带你去看一下。上了钟楼，见过撞钟的王头陀，各自行了礼。聪辩法师夸王头陀撞钟撞得好。王头陀说，我只是做一天和尚撞一天钟而已，这僧家岁月，譬如经书上说的猕猴骑土牛，实在是虚度了。聪辩法师问他，在这座寺庙驻锡已有多少个年头了？王头陀不假思索地答道，三十四年零六十三天。聪辩法师不由感叹说，当和尚每天撞好钟也不容易啊。聪辩法师拿起手中的照相机，给两位头陀各自照了一张相。

　　下过了雨，天青地白，水满捣臼。聪辩法师夹起雨伞，对郑头陀和王头陀说，我就住在山那边的姚宅村，以后有空我还会再来。郑头陀双手合十说，不送。出门时，聪辩法师向石头陀行了个礼，石头陀却拿起了一把扫帚，在后面扫着。他扫的是聪辩法师的脚印。

　　过了些日，有个菜农在梅林禅寺附近挖出了一块石碑，上书：三百年后，此庙必当重兴。立碑时间是康熙年间，有人掐指算了算，三百年后正好是这一年。这一天中午，聪辩法师带了一坛酒和一个布包来到梅林禅寺。裴头陀远远就闻到了酒香，跑出山门外大叫一声：阿弥陀佛，有酒吃了。聪辩法师哈哈大笑说，莫非你就是那位嗜酒如命的裴头陀了。裴头陀还了个礼说，正是，正是，莫非你就是郑头陀常常提起的那位聪辩法师了。二人虽是初识，却有一种一见如故的感觉。聪辩法师把一坛酒放在石凳上，跟裴头陀聊了起来。裴头陀说他不贪财不贪色只贪杯，一杯在手，万事可休。聪辩法师念了声"阿弥陀佛"说，我送酒给人，是为他人造业，自家也要受报。裴头陀顾不上什么受报不受报，打开酒坛子就喝上了。喝了一口，咂咂嘴说，这酒味道厚实，少说也陈了二十年，你一个出家人怎么会藏有这样的好酒？聪辩法师说，这酒的确是陈了二十年，原本是用来泡制一种药物的。裴头陀也没心思听他说话了，又拿起酒坛子连喝了几口。村上的人都知道，裴头陀有一种本事，喝完酒后就开始背经文，而且一字不漏。因此，他喝到三分时，聪辩法师就照例请他背经文。裴头陀说，他先前喝了酒，经文倒背如流，现在上了年纪，脑子长锈了，时常忘词。即便如此，裴头陀还是滔滔不绝地背了两章经文。酒到六七分，他说了句"万言佛经也抵不上一杯黄汤"，就在石凳上打起呼噜来。

聪辩法师又来到诵经堂，郑头陀依旧坐在蒲团上，走近细看，他正在打瞌睡，嘴边还挂着一道口水。聪辩法师在他身边坐了下来，等他醒来。约一炷许，郑头陀张嘴噫了口气，伸了伸懒腰，忽然察觉身边有人，就立马扳直了身体，随手抹掉嘴角的口水。他用惊讶的目光看着聪辩法师，似乎在问，你怎么会到这儿来？聪辩法师也不说话，径直打开布包，拿出一块木头，放在旁边的蒲团上。郑头陀问道，你把一块木头放蒲团上是什么用意？聪辩法师"嘘"了一声说，我要是让它在蒲团上放一千年，它就可以得道成佛了。郑头陀嘿嘿一笑说，木头是木头，没有血肉和思想，如何可以得道成佛？聪辩法师反问道，有血肉和思想的人天天坐在蒲团上，难道就可以成佛吗？有些人即便天天坐在蒲团，也像是睡在床上，有些人无论行走卧立，都可以参禅，正如我们念佛号，何必一定是念阿弥陀佛呢？你好谢谢对不起之类的日常用语也是佛号啊。郑头陀忽然站了起来，走到门外，拍着手掌叫道：我明白了，我明白了。

当晚，郑头陀就把蒲团烧了。以后他逢人就说，我明白了，我明白了。

不过几天，姚宅村外的山壁上贴出了一份《重建梅林禅寺缘起》。大意是说，宋代名刹梅林禅寺要重建，为此有赖十方善信踊跃乐助，多多益善，少亦无妨，倘得早日建成，凡乐助五百元以上者均立册造碑；凡乐助一万元以上者，荣登龙碑。下面还写着发起人梅林禅寺四头陀的法号。姚宅村的人都是信奉基督教的，自然不会乐捐。整整五天，没有一个人响应。姚宅村的人都想知道姚老板那边会有什么动静。但姚老板却一直不露声色，直到四头陀亲自登门拜访，直到聪辩法师给他发了一个短信，他才郑重其事地宣布：他必须顺应佛祖的旨意，重建古刹。

梅林禅寺推倒重建，全是姚碧轩一手出的钱。寺庙的砖木早已是不成样子，瓦片也酥松得像饼干似的。唯一值钱的是一块古碑和一口古钟。姚碧轩查过县志：说此钟的金属配方得自寒山寺，重四吨，铜占六分之五，锡占六分之一，钟声长达一百二十秒。有了这口古钟，寺庙就有许多说头了。那块写着"梅林禅寺"四字的石匾经过重新刻印，被说成是康熙皇帝书额赐名的。姚碧轩姚老板还请来本村才子"北山野老"姚宗晦，把这些事都写进一部正在修纂的村志里面。

一年之后，梅林禅寺重建竣工，殿大，佛大，钟大，鼓大，宝鼎大，号称东南第一名刹。四方风闻，缅甸送来坐式、卧式玉佛各一尊；泰国送来金身小佛像一尊；还有一些寺庙送来了手抄佛经、石刻佛经、血书佛经数部。主持这项工程的聪辩法师自然就成了方丈，姚老板还特地为他举办了十分隆重的晋院升座大典。此后，来梅林禅寺参访、游览的人也渐渐多了起来。聪辩法师脑子活泛，给那些善男信女安排了"一宿禅"的活动，说是要让他们感受佛门清净，体验修行清苦。善信的功课也由聪辩法师安排：中午在素菜馆用餐，品尝素面、素鸡和其他素菜浇头；下午二时由寺僧陪同放生，诵放生仪轨；五时用餐，晚上七时做晚课，课后禅茶，听禅师说法，事毕入住僧寮；次日清早参观钟鼓楼，逛寺庙，最后便是让他们购买佛具，"满载佛陀加持而去"。

三

建庙之初，管理还很乱。库房、寮房、衣钵寮、客堂、禅堂等都要有一个主管。梅林禅寺的四大元老自然是在优先考虑范围之内。聪辩法师推荐王头陀、石头陀、裴头陀和郑头陀担任执事，但王头陀推辞说，老朽无能，平素只会做三样事：撞钟、穿衣、吃饭；石头陀呢，更不用说了，拿着扫帚不扫地，拿着佛经不诵佛，一听说要他管衣钵寮，就赶紧走开了；裴头陀嗜酒如命，一杯在手，哪里还会在乎佛事；郑头陀听说要他当都监，就瞪大眼睛问：要我天天坐蒲团吗？我不干。四大元老不做执事僧人，自然有人争着做。

夏日黄昏的凉风徐徐吹来，聪辩法师穿着一件灰色无袖对襟罗汉褂，坐在窗口，翻看着佛经，偶尔啜上一口浓茶。饭后吃茶，已成了习惯，涤肠的汤水一灌，胜过松风的吹拂。这是做和尚的闲趣，不能说给寻常人听。

裴头陀来了。他脱掉罗汉鞋，立时散发出一股臭烘烘的气味。聪辩法师拿起一把扇子，捂着鼻子不停地扇着。裴头陀说，你是嫌我脚臭，还是火气大。聪辩法师笑道，你的脾气倒是比脚臭。裴头陀刚刚跟寺里面新来的和尚儿吵了一架，正窝着一肚子火。今早做功课时，聪辩法师让裴头陀上殿领诵，其他和尚有些不服，认为他一个酒鬼没有资格领诵。他们大都是聪辩法师通过上网，从国内佛学院或各大寺院挑选过来，个个都有学位，自视很高，对眼前这个酒肉穿肠过的老头陀自然看不顺眼，做完功课后有人走到裴头陀跟前说，别以为自己剃光了头就是和尚。裴头陀也不示弱，反问说，你们也别以为自己会念经就是和尚。下午做功课的时候，有个和尚儿念经时错漏连篇，被裴头陀一一指出，于是两人就开始吵起来。和尚儿气急了咒他入地狱吞热铁。裴头陀气不过，就找聪辩法师论理。裴头陀说，我是假头陀，念的是真经，你手下这些真和尚念的却是伪经、歪经、不正经。聪辩法师听了，只是微微一笑。他说，我这里有一瓶好酒，陈了三十年，就送给你消消气吧。裴头陀得了酒，嘿嘿笑着说，你递给人酒，给人造业，不怕受报？聪辩法师一边做出伸手夺回酒瓶的样子，一边嗔道，你得了便宜还说风凉话。裴头陀也不客气，赶紧把酒瓶搂进怀里，不撒手了。他起身要走时，聪辩法师叫住了他,说,是你自己要偷酒吃,我可没给。裴头陀说,这个你大可放心,我在佛前会替你说好话的。

做晚课时,聪辩法师招来了所有的和尚儿,也请来了裴头陀。裴头陀一身酒气,熏得身边的和尚都往一边躲。聪辩法师对众和尚儿说,你们听好了,现在裴头陀要给你们背诵佛经,你们谁认为他念错了,就向我当面指出。裴头陀清了清嗓门,背了一段经文,声音洪亮,吐字清晰。众和尚儿都摇着头,说没听过这部经书,莫非是他信口胡诌的。裴头陀急得涨红了脸,正要张口申辩,聪辩法师已抢先说道,这部经书我曾读过,它是宋代高僧翻译的佛典,现在很少有人知道了。众和尚儿坐在那里谛听垂诲,脸上都有些愧色了。讲完了话之后,聪辩法师环顾四周,问,诸位还有什么话说吗?一名刚刚当选首座的老和尚对裴头陀说,酒会乱人心性,你以后还是戒掉为好。裴头陀说,我喝酒非但不乱性,还会长记性。聪辩法师说,茶是好东西,可以长精神,做完功课后我请你吃茶。裴头陀摸摸头皮说,我对吃茶全然外行,除了做法事时解解口渴、教人不困之外,我实在不晓得它还有什么用途。再说,茶与酒一样,吃多了就会醉人。聪辩法师说,我从未见过有谁吃茶吃醉了的。裴头陀说,你不信吗?不信就跟我以茶斗酒。聪辩法师身边的和尚跳出来说,我跟你斗。聪辩法师指着那个和尚说,他这是激将法,你又输了一着,戒斗,戒斗。

当天晚上,有人来报,一名和尚儿跟裴头陀以茶斗酒,结果真的吃醉了,正在山门狂吐。又问,裴头陀呢?答,他在那里背诵佛经。

首座带着一股怒气走进了方丈室。首座说,裴头陀时常饮酒,乱了寺规,你为什么不惩罚他?

聪辩法师说，我来之前他就已经吃酒，我来了之后他照样吃酒。我如何可以制止他的行为？

首座说，喝酒喝出魏晋风度来自然是好的，可是，这里毕竟是佛门清净之地呀。每回念经，他的嘴里总是喷出酒气来，让人简直无法容忍。

聪辩法师说，郑头陀的肚子可以容别人难容之酒，我们为什么就不能容一个难容的酒徒？这说明你修炼得还不到家。

首座听了，一脸的不高兴。聪辩法师指着首座身边那个八角茶盘说，请你把它端过来。首座把茶盘端了过去。聪辩法师用左手把右边的茶杯端到左边，然后又用右手把左边的茶杯端到右边。首座不知道这个简单的动作里是否包含了一个复杂的道理，就带着询问的目光等他发话。聪辩法师说，我现在手头还有点活，所以我的左右手都还能听我使唤。首座听出了话里头的意思，点点头，面带愧色地下去了。

晚凉天静。做完了功课，聪辩法师还坐在方丈室里，若有所待地捻着念珠。外面的雨停了，檐头的雨水也跟念珠似的，若断若续地滴着。不久之后，裴头陀又来了，手持一幅卷轴。聪辩法师问，这是什么？裴头陀说，是一件宝物，除了你，我还从未给人看过。裴头陀缓缓打开卷轴，里面竟是一张发黄的地图，散发着一股被晒干的秋草的气味。聪辩法师仔细一看，心中不由涌起一股狂喜，上面绘的原来就是明代梅林禅寺的全景图，图右还有几十行蝇头小楷，记的是寺庙的历史。原来，明代的梅林禅寺是现在的五倍，住僧千众，地广十里，连姚宅村那一带全都属于寺田，平原那一块是福德林，种满了梅花，梯田那一块是功德林，遍布墓塔。这幅图是明末一位老和尚绘制的,从文字记载来看,寺庙经历了五次劫难。聪辩法师抬起头,问裴头陀,这幅图是从哪儿来的?裴头陀说,是我爷爷的爷爷传下来的。我爷爷的爷爷曾在这一带做过三年知县。聪辩法师晓得裴头陀的肚子里有许多掌故,因此就请他慢慢道来。讲到关键处,裴头陀忽然停住了,伸出舌头,又要讨酒吃。聪辩法师说,我这里还有一瓶陈了三十年的酒,不过,你回头喝酒时得关上门窗躲进被窝里喝。裴头陀满口答应了。聪辩法师说,你喝多了酒就开始背经文,没有人听多寂寞。说着就把一个陶罐打开,里面露出一只绿毛龟来,聪辩法师把它托在手中说,我把"糊涂先生"送给你,你以后就对着它念吧。裴头陀试着念了几句,乌龟的脑袋果然伸了出来,仿佛也在聆听。裴头陀得了乌龟,满心欢喜,见聪辩法师正目不转睛地看着那幅图,就说,我爷爷早年告诉我,这幅画和旁边的文字里面都藏有玄机,有心人看了自然会勘破。我不识字,放在身边也没有用处,放在你这里慢慢琢磨,兴许还能识破个中的玄机。聪辩听了很纳闷,问,你会背诵那么多经文,怎么会说自己不识字?裴头陀说,我所背的经文都是师父口传给我的。聪辩法师点了点头说,看来你天生就有佛骨。裴头陀用双手托起绿毛龟说,这乌龟长得跟我师父倒是有几分相似,以后见此物如见师父了。

裴头陀走后,聪辩法师拿起了那幅卷轴,又饶有兴致看了起来。自从他当上了方丈之后,他觉得很多事都是可以把握的,就像每样东西都已经摆在伸手可及的地方,他可以任意地摆布了。夜来气清,聪辩法师写了一幅字,按捺不住兴奋,又站了起来,走出门外,凉风从南面吹来,十分惬意。他拐过走廊时,刚好撞见一个小沙弥正躲在幽暗的角落里,嘴里含着一块巧克力。聪辩法师看了也不上去责问，只是偷偷地发笑。

裴头陀说梅林禅寺的全景图中藏有玄机，可聪辩法师无论怎么看也看不出什么名堂来，于是就给姚老板发了一个短信，请他过来一叙。姚老板很快就来了，聪辩法师把卷轴缓缓打开。姚老板戴上老花镜，在灯下细细看了一遍，说，几百年来，我们姚宅村人跟梅林禅寺的和尚就是因为这张地图发生了好几场争斗。后来官府为了平息祸乱，就当众把地图烧毁了，给僧俗之间画了一条清晰的界线。我来了之后，也曾暗中托人打听梅林禅寺中是否还藏有原来的老地图，但一直没有探到消息，不知大师是用什么法子拿到的。聪辩法师说，有些事是不能说的，一说就俗。姚老板听了，微微一笑。他把地图边上的一段文字看完了之后说，我们的祖先原来也算得上晚明的衣冠旧族，清军入关后，我们的始迁祖季明公为了避乱，带着家眷、奴仆数十人来到这里，季明公看着四周的良田美景，疑心自己进入了世外桃源，于是就写下了一首诗，这诗现在还能在县志的艺文篇里找得着。当时，季明公看中的这一块地，还是梅林禅寺的寺田。方丈见季明公知书达礼，就收容了他们，让他们在福德林的僧寮中住了下来，还把山下的田地交给季明公一家人打理，年成三七分。从此季明公就在这里半耕半读，扎下了根。他还给自己取了个雅号叫"释卷先生"，别署"亦耕山人"。古书上有时称季明公为释卷先生，有时又称他为亦耕山人。我们村上的人没文化，都以为释卷先生和亦耕山人是季明公的兄弟，其实他们都是同一个人。季明公死后几十年间，他的后人和奴仆的后人很快就繁衍成群了，他们把福德林的梅树都砍伐了，辟成居地。梅林禅寺的和尚知道此事后，就下了逐客令，要让他们全部迁出福德林。可季明公的家人已经反客为主，死活不肯移动半步。僧俗之间僵持之下就发生了械斗。那时正赶上灭佛运动，姚家的人就借助地方官的力量战胜了寺僧，从此福德林就名正言顺地成了姚宅村。这几百年间，僧俗之间的恩恩怨怨总是断不了。寺庙兴了，姚宅村人就吃亏；姚宅村的人丁旺了，寺庙就吃亏。姚宅村的人向来不信佛，大约也是这个缘故吧。姚老板说到这里，就指着地图左边的落款时间说，可以证明，在清代以前，这里是没有姚宅村的。这些话若是说给姚宅村的族人听，他们定然会把肺都气炸掉。经姚老板这么一说，聪辩法师似乎已经从图中洞察玄机了。他抬起头来，看着窗外的一轮圆月，意味深长地说，你看到了过去，我却看到了未来。姚老板说，你这话有点深奥，我一时间不明白。聪辩法师指着地图说，你看，这里九座山连绵环绕，犹如北斗，姚宅后面那座山居中，正锁住了斗口。由此可见，当年建福德林和功德林的人定然是懂得风水的。姚老板问，以你的意思，要恢复当年的福德林和功德林？聪辩法师说，我在网上看过姚宅村一带的卫星图和空测图，平日也曾带着罗盘把四周地形看了个遍。姚宅这个村子方位极好，旺山旺向，如果把福德林做成别墅区，会卖出一个好价钱。姚老板说，这里是穷乡僻壤，造别墅就等于太阳底下点佛灯。聪辩法师摇摇头说，我说的别墅不是寻常人可以居住，而是给那些有钱的居士住的，你懂得我的意思？姚老板经他一点，双手合十说，阿弥陀佛，一切佛法皆为世间法。聪辩法师说，现在的梅林禅寺已是名声在外，过来礼佛的人也有不少，但姚宅村的人偏偏在门口或路口挂个十字架，这就有点冲了。梅林禅寺以后若是扩建，只能是向姚宅村这边发展。姚老板说，你的意思是让姚宅村跟梅林禅寺连成一体？这不可能。不，聪辩法师说，我说的是让福德林将来成为梅林禅寺的一部分。姚老板说，我若是再造福德林，就得让姚宅村的人迁出去。村上的人都是世居，断然不会轻易迁居。聪辩法师用毛笔蘸了水，在姚老板的手心写了一个"舍"字，下面的"口"字写得很圆，仿佛一个铜钱。姚老板微微一笑，走了。

四

中秋之夜是晴夜，天上云淡于水，几近透明。一轮圆月从东山升，庞大的山影在月光下都变得柔和无声了。姚碧轩姚老板在木石居摆下了一桌丰盛的素食，请的是姚宅的几位村干部。村支书、村委会主任等人都显得有些受宠若惊了。自从姚老板入住姚宅村以来，他很少外出跟村上的人打招呼，村上的人也很少进他的家门。都说姚老板家豢养了四条狗，把守四个方向，只要其中一条狗吠叫，其余三条就会跟着狂吠，声音比梅林禅寺的钟声还要传得远。但姚老板家的门庭并不冷落，隔三岔五，总会看见几辆轿车进进出出，来的自然是外面的头面人物，找的自然是姚老板。村支书和村委会主任若是要见姚老板，都要事先挑好日子，候着机会。但今晚不同，今晚是中秋，姚老板主动发帖子请他们的。餐厅正对着一座后花园，隔着一堵花墙，可以窥见一轮圆月。正在谈笑间，有人指着外面的月亮感叹说，今晚的月色真美。姚老板把灯一拉，整个餐厅顿时沉浸在一片柔和的清辉之中。有月色照耀的窗子毕竟不同，姚老板家的窗子做得精巧雅致，连月色都不一般了。姚老板举杯照了一遍，说，家家户户都有相同的月色，但能欣赏月色的人都是有福的。来来来，我用有福之水敬有福之人。大家都一齐干掉，把杯子朝下晃了晃，以示诚意。姚老板坐了下来，望着窗外的月色说，小时候的月色也很美，但我却无心欣赏，因为家里实在是太穷太穷了，干完了农活谁还会有心情赏月？姚老板说起往事，语调就显得低沉了。姚老板也是苦孩子出身，四十年前，村上有个老人说他骨相长得好，将来定能干大事，于是他就带着一点干粮走出大山。他在森林中迷了路，身上的干粮也吃完了，彷徨无奈之际，遇到了一名伐木工，他肚子饿得慌，第一件事就是向伐木工讨一碗饭吃。伐木工要他先做半天帮工才会给他饭吃。他硬撑着身体干活，而伐木工倒是得了闲去山里游荡了。到了中午时分，一个和尚带着一条狗送来饭，和尚走了，狗还没走，蹲在那里看他吃饭。他吃到一半时，狗站了起来，摇晃着尾巴。这时他才发现，狗尾巴上竟然有几粒掉下的米饭，他伸手去抓时，狗尾一晃，落了个空。他放下了那半碗饭，用草帽盖着，再次伸出双手去抓，狗已经从他手中风也似的溜走了。他是一根筋，越是抓不住的东西，他就越想到手。狗也怪，跑得不快不慢，好像是故意在逗弄他，他追着狗，一口气跑过了一座山。山麓有一座寺庙，那狗回头看了他两眼就钻进了山门，门内有个年轻和尚，向狗挥了挥手，狗就停下，在他身边打着小圈。姚碧轩向和尚说明来意后，和尚哈哈大笑起来，说他是惜福之人，以后定会是有福之人。和尚请他吃了一顿饭，还给他指明了一条生财之道。姚碧轩在寺庙里借宿了一夜，第二天又回到原来的山林，那个伐木工已经不在了，那个碗居然还被帽子压着，散发出一股馊味。碗是原来的碗，人却已经不是原来的人了。姚碧轩换了一副行头，从此做起了"上山木客"，把木材顺着溪流运抵县城，赚了一笔"水脚钱"。后来又做起了介绍木材买卖的牙行,再后来又做起了木行老板。多年后,他的木材生意做得也算顺风顺水,但就是做不大,于是又跑到深山去找那个和尚,向他请教。到了那里,才发现那个和尚早已到报恩寺挂单去了。讲到这里,姚老板忽然发问,你们猜猜他是谁?见众人不语,他就说开了,此人就是梅林禅寺的现任方丈聪辩法师。大家听了,都发出一片惊叹声。

姚老板打开了灯,说话的声音一下子也像是亮了许多。姚老板说,我昨日翻看我们姚家的族谱,才晓得我们的老祖宗原来是金陵城里的达官贵人,想当年他们在城里要风得风、要雨得雨,多风光啊。可是,到了后来就一代不如一代了。村支书说,这也是人之常情,祖上拿朝笏的,儿孙后来拿起唱莲花落的板子,都是常有的事。姚老板说,我们可以忍受一时的贫穷,却不能忍受永久的贫穷。我们的家族自打迁居这里,整整三百多年过的都是穷日子啊。我十八岁时从这座大山走出来,有幸得了高人指点,十年之后,总算有了出人头地的时候,可是,还有多少人一辈子出不来,最终老死在山坳里?想到这些,我才会有今日的想法。姚老板讲到这里又打住了。大家都觉得姚老板的内心似乎隐藏着一个庞大的计划,于是就急着问他究竟有什么想法。姚老板淡淡一笑说,我的想法很简单,就是出点钱,把在座几位的子女都送到县城最好的学校念书。村支书听了竖起拇指说,人家都喊你姚老板,我今日就叫你姚善人了。大家也都举起酒杯,纷纷称他为"姚善人"。

五

中秋夜宴之后,"姚善人"的外号很快就传开了。村上的人听了却不舒服，他们说，姚善人只是给村支书他们的子女好处，算什么善人？倘若他把全村的孩子都拉到县城去念书，那才是真善人、大善人。这话传到了姚老板的耳朵里，他把聪辩法师请了过来，跟他谈起了下一步的计划，并且征求了他的意见。聪辩法师拿起手中的佛珠，就像拨打算盘一样，来回拨了几下，得出了一个准确的数目。然后告诉姚老板说，此事可行。

新学期开始之后，两辆披挂着红花的大巴车从县城开过来，要把姚宅村的一百多名中小学生拉到县城念书，一切学杂费、食宿费都由姚老板一手操办。姚宅村的孩子们都集中在晒谷场上，序有次地排列开来。姚老板按照旧俗，收了当天的晨露，和墨磨了，再用毛笔蘸了，点在每个孩子的眉心。村上的人纷纷竖起拇指，夸姚大善人说到做到，功德无量。

不久之后，村上又传来了爆炸性新闻：姚大善人要搞新农村运动了。凡是愿意拆迁的村民，均可以在县城里享有一套商品房和一份工作。工作的地方是姚老板买断的一家国有企业，居住的，也就是国企的公寓。一开始，村上的人都有些不敢相信，恐怕其中有诈，免不了这样或那样的猜疑。村支书把全村的人都召集到晒谷场上，苦口婆心地跟他们讲道理，村支书说，姚大善人安的可是好心，他给你们饭吃，你们却偏偏不要，这不是坐在饭桶边等着饿死吗？讲到最后，村支书还拍着胸脯，向大伙做了保证。年轻人听了欢喜得不得了，喊着要去城里打工，他们宁要城里的粗茶淡饭，也不要山里的鸡鸭鱼肉；有孩子在城里念书的人家，权衡利弊之后，也愿意拆迁；只有那些老人，还有些恋土，舍不得离开。姚大善人说，村上的老人要是愿意留下来，他会盖一座养老院供他们居住。当然，姚宅村的人向来是以孝行著称，不会让家里的老人留守家园。送行那天，姚老板给每人准备了一袋灶心土。然后，就像清风吹送白云一般，轻轻松松地送走了他们。

　　姚宅村的人迁居之后，几辆推土机像恐龙般开进村庄，把所有的房屋都夷为平地。姚宅村也算得上是古村落，连一块砖头都充满了古意，但姚宅村的人认为那东西不是古，是旧，是破，破旧的东西自然也就没有保留的价值了，拆掉了也就拆掉。机器的轰鸣声向人们宣告了这样一个事实：姚宅村作为一个血缘聚落的村庄已经走到了历史的尽头，并将从地图上无情地抹去。这就像一条河流或一个物种的消失。然而，就在动土第一天，姚宅村后山出现了山体滑坡，一名工人惨叫一声就被纷纷滚落的沙石层层压住了。等人们挖开沙石时，没有发现工人的尸首，却找到了一具骷髅。这就邪门了，很多人抛下了工具逃开了。用本地人的话来说，是水鸡被佛吓着了。那时，姚老板正在吃茶闲话，闻讯后立马带着手下过来了。担任工程开发指挥部经理的村支书从旁观的工人那里了解到了事实，就过来报告姚老板，说那个工人是被山体塌方后的乱石压死的，应该属于工伤事故。姚老板赶忙让他打住，正色说，有些事不能乱讲，就像别人下棋，你可以站在一旁看，但你不能讲，你讲了一盘棋就讲死了。我看这事有些蹊跷，不像是一般的塌方事故。姚老板立即打开手机，给聪辩法师打了一个电话。不多时，聪辩法师就带着几名寺僧过来了。聪辩法师四处看了一遍说，此人是撞了煞，平常的人看不出，但这里的确是有煞气出来了。原因嘛，很简单，那些死者看见自己子孙的房屋被人拆掉了，就兴起来作怪。姚老板说，看样子，活人要安住，死人也要安住。聪辩法师说，现在的权宜之计是在前面那块空地挖个池塘，再立一块照壁，也好挡挡煞气。姚老板说，你说的只是权宜之计，还有什么更好的法子吗？聪辩法师指着山上的墓群说，公路从这里绕过，沙飞水走，低处的坟墓没有避煞；至于高处的坟墓，也没有护沙，不能藏风得水。俗话说得好，穴怕风吹，沙怕反背，水怕反跳，要想让底下的人相安无事，这一带的坟墓统统要迁，另寻一个沙环水抱的地方。

姚老板把目光转向村支书，要听听他的意见。村支书说，我们姚宅村人在这里落脚少说也有好几百年的历史了，他们宁可迁活人，也绝不迁死人，不信你去问问那些村民。

聪辩法师说，你们的祖坟都安在无沙水环护的石头上，子孙必然骨硬，性格多犟，这也是不奇怪的。

姚老板指着山上那些坟墓说，我的祖坟也在那里，但我愿意带头迁祖坟。

聪辩法师说，此事不必着急，眼下那些村民刚刚迁走，他们的先祖自然有些不舍，我姑且在此做三场法事，安抚亡灵。你大可以放心，一切都会由我们的老大罩着。聪辩法师有时也把佛祖称为"我们的老大"，这样的称呼别致、亲切，仿佛一下就可以让人跟佛祖套近乎了。

法事当然要做，不能不做。法事是做给大家看的。聪辩法师弄来了一只羽毛倒戗、活蹦乱跳的公鸡，放在八仙桌上，只是念了几句咒语，鸡就定住不动了。这叫"定鸡"，可以压凶的。做完法事，姚老板又重新让人开工。工人们上班前都要念三遍法师传授的咒语，据说可以辟邪。

六

那名遇难工人来自山那边的邻村，叫尚梅村，那儿是离姚宅村最近的一个村庄,只有一条盘陀路相通,翻山越岭少说也要走上三炊饭的时辰。姚老板备了几份礼物和抚恤金,带着村支书等人向尚梅村走去。一路上所见的,与姚宅村大不相同。那里,山是野的,水是野的,猫狗是野的,人的野气也很足,仿佛是上古时的人物。村上只有几十户人家,小孩和老人居多。村支书拉住几个小孩,指着姚老板说,快喊他一声"姚大善人",你们喊了他就会供你们上学堂。可那些小孩子愣是不喊,就像他们压根儿不愿认字一样。姚老板遇到了几个砍柴的年轻人,就跟他们拉起了家常,问他们是否愿意出去打工。他们对打工赚钱似乎缺乏足够的热情,因此,回答的语气也是淡淡的。村支书向他们介绍姚老板的身份时,他们只是拿平常的目光看着他。很难想象,他们对有钱人会显示出怎样恭维的态度。他们的纯朴好像不是读书读出来的,而是同木叶一道从土里长出来的。姚老板在一个年轻人的带领下,找到了那位遇难工人的家。家中只有一个老人,正光着膀子,摇着蒲扇,坐在门口乘凉。姚老板说明来意后,把钱物递了上去,老人却推辞不受。老人说,我们家还有几亩闲田地,吃喝受用。我的儿子死在外头,你们拿这笔钱把他的尸体殓了就是。说完之后,老人又在墙脚坐了下来,姚老板和村支书又走上前去,老人说,我原本在这里乘凉的,你们却把我的通风道给挡住了。姚老板听了,只是苦笑一声便退出了那条狭窄的过道。老人也不送客,兀自坐在那里,看着野草闲花,目光还是一片散淡的。

　　姚老板在村中转了一圈,无意间瞥见了一座园子,门台还在,上书"红梅馆"三字,透过残垣断壁可以看到园子里的几株老梅。走进园子,里面的屋子已经散架,犹如瓜棚豆架。园是废了，形迹脱落，但"神"还在，那点"神"不是靠几块砖头、几棵老树支撑起来的。它近似于一种气息，似乎在流动，难以捉摸。姚老板就是被这种气息迷住的。再往前走，还可以看见几堵花墙，上面写着：踏雪访梅。署名是"梅村居士"，没有纪年。姚老板停下脚步，问村支书，这是谁家种的梅树？村支书说，是李屠家的。姚老板小时候就听老人讲过李家种梅的事。李屠祖上是徽州人，众所周知，徽州人喜欢种五福花，这五福花就是梅花的别名，李屠就出身种梅世家，而且祖上几代都是读书人，所取外号也都与梅有关。李屠后来尽管操持杀牲畜的贱业，但也有一个很雅的外号，叫梅花太瘦生。李屠一边杀牲畜，一边种梅，两不误。他种了好几个品种的梅花，尤以蜡梅和黄梅见长。别人借李屠的树苗种植，往往枝瘦叶落，而李屠种的梅花开得很恣肆，老梅还结梅子，年年可以做成果脯。眼前这些梅树虽然尚未着花，但枝叶之间依然有着一种乡野的傲气。姚老板在园中逗留片刻，就对村支书说，我想见见李先生。村支书忽然笑了起来，怕失礼，赶紧捂住了嘴。姚老板问，你为何发笑？村支书说，我们平素都管他叫李屠，你却叫他李先生，听着有些怪怪的。姚老板说，人但凡有一技之长，都可以称为先生。村支书连忙点头说，是的，是的。姚老板和村支书在村人的指点下，沿着废园的小径向前走，杂草丛中时常可以看到一些牛骨碎片。李屠家占了残山一角，低矮破旧，门口摆着两个缸，一个是腌咸菜的缸，一个是粪缸，一点儿也看不出李家原是好风雅的人家。李屠不在，李屠家里的说，李屠跟儿子出去卖牛肉了。

　　姚老板在回来的途中看见一个卖肉的笋筐正摆放在路旁，就停了下来。村支书指着一个正在用抹布抹刀的汉子说，他就是李,喀喀,李先生了。姚老板下了车,在一旁观看。李屠手持一把牛刀,脸放油光,很憨厚的样子。姚老板原本以为,李屠与梅花为邻,必然不俗,谁知他竟会是这般俗相。李屠的儿子袒露上身,弯腰呈一座桥状。道旁的树叶被风吹响,发出稀稀落落的鼓掌的声音。李屠把一块牛肉甩在他背上,然后就顺着牛肉的纹理下刀,只是一会儿工夫,他就把牛肉切成均匀的薄片。切完后,李屠拿刀一刮,牛肉就落入尼龙袋中。李屠的儿子直起腰来,后背竟无丝毫刀痕。这是李屠的惯常表演,故而也无人喝彩。姚老板却鼓起了掌,还发出赞叹说,李先生的手艺果然俊。李屠听到有人叫他先生,就惊愕地回过头来,见是姚老板,把刀一横,问,要肉吗?姚老板说,我不要肉,要你种的梅花。李屠把刀撂下问,你这话是什么意思?姚老板说,我现在要建造一座梅园,雇你种梅花,待遇比你父子俩卖牛肉要好上十倍百倍。李屠说,好,但有一个条件,你想让我替你种梅花,就得先把我这一箩筐牛肉买去。姚老板哈哈大笑,好说,好说,牛肉要肥的,梅花要瘦的。

梅林禅寺不能无梅,姚老板说,姚宅村这块地拆迁之后要种上万树梅花,而且要依山形地势,布置成梅岭、梅坞、梅溪、梅径,一直延伸到梅林禅寺的山门。他沿用了古已有之的旧名,管这块园子叫福德林。

七

就这样,在姚老板的安排下,李屠就成了福德林的花木工程负责人,他把自己村上的老小都喊过来做帮手。这些人给李屠干活也不计工钱,只要有顿饭吃就可以了。每天干完活,他们就翻山越岭回家，次日回来，衣裳跟移栽的梅树一样，还带着泥土和青苔。早来晚散，天天如此。李屠不仅管他们吃饭，还管他们尿屎。凡有尿屎，李屠就让他们蹲在树下拉，李屠管这叫"催花肥"。李屠在一堆尿屎上建立了自己的权威，人们从此都喊他李经理。李经理，别号梅花太瘦生。人们念着这个别扭的外号，就忍不住发出一声嗤笑来。

在姚老板眼里，这李屠的确不是个寻常人物。

我这双手其实是不应该拿牛刀的，李屠举起双手对那些老人和妇人说，我们家有一副祖传的墨砚，现在还放在床底下的书篓里，早些年我爷爷的爷爷和县城里的读书人挑着十八担书篓上京赶考，用的就是那副墨砚。我小时候长得精瘦，我爷爷就给我取了一个雅号：梅花太瘦生。坐在那里听他讲话的妇人忽然发出了"咯咯"的笑声。李屠正色问，你笑什么？妇人说，这名字听上去像日本人的。李屠把手一挥，说，这是雅号，你懂个屁。李屠继而从口袋里摸出一团草纸，展开来看了看，又塞了回去，从另一个口袋里摸出一张纸片，说，你们只晓得我会杀牛，却不晓得我也会写几句歪诗。李屠清了清嗓门，念起了他写的一首旧体诗。他朗诵的时候声音里忽然注入了一股温婉的气流。念完后，李屠没有听到掌声，他看了看大家木然的表情，沉下脸色说，先前我写的诗只能偷偷念给牛听，牛听了就流眼泪了，牛尚且晓得……一个妇人抢白说，那是因为牛晓得你要杀它了，嘿嘿，你既然要杀它，又何必给它念诗呢？李屠听了这话忽然号啕大哭起来。在牛眼里，李屠是个恶人，但在这些妇人眼中，李屠简直就是一个善良的男人，谁也不晓得这个男人的内心居然会是那么脆弱而敏感。妇人带着歉意，从口袋里掏出一张皱巴巴的草纸，递了过去。李屠接过来,在上面擤了一把鼻涕。天色将晚,李屠看了看手表说,五点整,散工了。

山里原本是没有朝九晚五的。可现在有了。这里的地已经变成姚老板的地了,这里的时间似乎也变成姚老板的时间了。姚老板给每个部门经理赠送了一只名牌手表,并且对他们说,在这里决定时间的,不是太阳,也不是公鸡,而是这只手表。你们的时间就是我的时间,我的时间就是北京时间,不是东京时间,也不是纽约时间。听好了,你们的时间表要跟我的时间表对上号。山里人原有的时间好像都不作数了,要停掉,真正的时间是在姚老板手中诞生的,他们从此有了固定的工作时间与休息时间,他们的时间跟那些刚刚造好的房子一样,经过十分精确的分割、组合,带有混凝土质的科学精神,带有冰凉无味的秩序。人被时间和空间所役,习惯了,也就如同穿衣。

一天,一辆大巴车驶进了姚宅村。一群老人扛着铁锹、锄头、铁耙等农具,向姚宅村这边走来,队伍齐整,声势浩大。来到大门口,几名保安上前拦住了他们,要问明情况。老人们说,我们要找姚碧轩姚老板。保安说,姚老板不在。这时,村支书似乎听了什么动静,远远地就小跑过来了。一见是姚宅村的老人,脸上立时绽开了笑容,赶紧让保安放他们进来。村支书跟先前到底是不一样了,穿着一身整洁、挺括的制服,胸口挂着一个工作证,上面赫然写着:福德林工程指挥部经理姚某某。可姚宅的老人们没有喊他姚经理,而是直呼其名,有的还叫他小名。姚某某长姚某某短地说了一阵,村支书就开门见山问,你们这次回来要做什么?这些老人一下子都呆住,他们也说不清楚自己突然间心血来潮跑过来要做什么。事实上,他们是被泥土召唤过来的,前些日子,他们看见县城郊外长出一大片金灿灿的稻田,就有点坐不住了,于是,他们就约齐了要回到老家干点什么农活。他们虽然住进城里去了,但手指间尚存泥巴,这就足以表明,他们与泥土之间是沾亲带故的、地久天长的。仿佛他们的手只要一捏住锄头柄子,生活就有所寄托了。这些老人在县城里空有一腔劳动热情,也只有回到老家才能释放出来。村支书担心的就是这一点,看着他们脸上挂着的让人不放心的微笑,心底里已是犯嘀咕了。老人们说,我们过来,是想在这里找块地干点活的。村支书带着公事公办的口吻说,你们要是来这儿帮忙,恐怕只会给我们添乱;如果仅仅是来做客,我们自然会好好招待你们。老人们的脸色一沉说,我们又不是客人,还要你招待不成?村支书把烟头丢在地上,拿脚一踩,说,你们进去看看,这里还有什么空地可以让你们种的。

老人们走进福德林,眼睛都看傻了。原来的黄泥屋、石屋、砖瓦房都不见了,到处都是仿古建筑,到处散发着新漆的味道。原本布满鸟巢的林子现在是一个八角亭子和一条彩虹般的游廊,原本是猪圈的地方现在是朱栏白石;风水上称为虎腰的地方原本是基督教徒的礼拜堂,现在却改祀土地爷;邻舍之间,原本相隔只有三米,鸡犬来往,饭香可闻,现在却十分均匀地隔成四五十米远,中间遍植修剪过的花草;原本可以架六间桥梁的河道变小了,底下铺着的不是水草和青泥,而是光滑的小卵石,五彩斑斓的金鱼在水中鼓腹游动。他们简直不敢相信自己的家园会变成这个样子,这跟城里富人居住的别墅区几乎没有什么区别了。

村支书有事忙去了。老人们放了胆,找到一小块尚未绿化的空地，开始挖土、锄地了。李屠怒气冲冲地走过来，不由分说，一把夺过老人们手中的锄头说，这块地是种梅花的，你们不许动。有个白胡子的老人说，我们又不是在太岁头上动土，干你什么事？李屠说，你们动的，正是太岁头上的土。几个壮汉围了上来说，李屠，你跟我们的族长说话也敢这么放肆？！他的辈分比姚老板还要高两辈呢。李屠说，你们跟我说话也不要太放肆，我现在不是李屠，是这里的经理，你们应该叫我李经理。这话一出口反倒挨了大伙的一顿抢白。他们说李屠是外姓人，凭什么把腿伸到别人家的墙上晒太阳。白胡子老人一屁股坐在草地上说，按辈分，姚碧轩应该叫我阿公，我让他过来一趟也不为过吧。

这时，姚老板也闻声过来了。姚老板看到族人一个个红头涨脸的样子，便知不妙。这两年，他煞费苦心，把一片荒山野水收拾得干干净净、古色古香的，眼看就要碰上春种秋收的好时光，忽然有人带风带雨地过来闹事，这让他的心里很不是滋味。当年他花了一大笔钱，把村上的人送到国企工作，把他们的孩子送到县城学校念书，不正是为了买个安静？现在倒好，他们蹬上鼻子还要上眉毛，想要回地皮了。

姚老板黑着脸问，你们说，我让你们过上城里人的好日子，你们还有什么不满足的？

白胡子老人说，我们没有别的要求，只想在这里有一块地种种。

另一个农民也从旁搭话说，我们到了秋收季节，手就痒痒的，只想干点农活。

姚老板说，这也好，我这里有一块梅园，正好要种植梅花，你们不如让李经理安排一点活干，不论干多干少，我都算你工钱。

一个老农讪笑一声说，我们才不会跟一个杀猪的一起干活。

李屠上前一步纠正说，谁说我是杀猪的？我明明是杀牛的。

那个老农说，你急什么？我们又没有说你杀人。

李屠握紧双拳，一股血气一下子翻涌到了脸上。

姚老板见李屠跟自己的族人都做出剑拔弩张的阵势，就知道要杀杀他们的火气。当然，他得先支开李屠，然后才能坐下来跟族人讲道理。姚老板对李屠说，你去梅林禅寺走一趟。李屠问，去那里做什么？姚老板说，你去问问聪辩法师，你的屠刀是否放下了？姚宅村的族人听了都轰的一下笑起来。姚老板说，坑姑娘笑灶佛爷，你们也不要笑人家了。李屠拂袖而去，只留下姚老板一人跟几十个族人对话了。姚老板说，现在这里没有外人，你们就挑明了说，你们过来要什么？大伙齐声说，我们想要回自己的地。

姚老板说，你们的地都已经被征收了。别忘了，你们当初跟我签协议时都是按过手印的。姚老板说这话是有根有据的。他相信自己的做法符合土地流转的新政策，但农民不认政策。政策会变的，他们只认理，这个理也是无理之理。

白胡子老人说，我们到城里，孩子们去上班的上班、念书的念书，留下我们这些老头子整天没事可干，闲得慌。有一回，我们把小区的植被铲开了种蔬菜，结果被物业管理公司罚了款。你也晓得，我们是农民，在城里接不得地气，走路也是飘着的。我们没有别的奢求，只不过是想在自己的老家重新找一块地，每个月都能回来干点农活。

姚老板面带难色说，很不巧，这里人闲地不闲，哪怕是有一块空地都已经种上草木了。

白胡子老人把口气软了下来，说，我们种地，也不是求得温饱，只是不让手头闲着而已。看在我们是你长辈的分儿上，你就迁就一下吧。

姚老板说，我来之前，这块地是姚家的；我来之后，这块地就是佛陀的了。

白胡子老人说，我们才不相信佛呢，俗话说得好，佛是深山黄泥墩，签是深山茅竹根，你说，我们会相信这些吗？我们就想听你说一句：有，还是没有。

姚老板想了想就对他们说，这块地是我们房地产开发公司在打理，能不能划拨一块闲田地给你们不是我一个人说了算。这样吧，这三天内，我们有了一个商量的结果自然就会答复你们。这些天，你们就在福德林宾馆住着，吃喝我管。老人们听了都说好。姚老板立马就让手下的人把每一位老人都一一安顿好。

这事已经告了一段落，但问题还在，终归要解决的。这样的事要是处理不当，会遭族人唾骂的，说他是资本家吸血鬼霸占农民的土地，这样的丑事捅开了，谁也遮不住，凭他一手遮不住，青山遮不住，毕竟会流到城里去，变成可怕的流言。无论如何，对姚老板来说都会是一个道德上的亏欠。想到这里，他又独自来到阳台上，看看福德林里是否还有田地可以腾出来。他的目光掠过那些草地、树林、黑瓦白墙，实在没有地方可以割爱了。族人留下的护坟田没有动用过，他早已做了打算，留给自己的子孙。久远之业，商不如农，以后子孙败了家业好歹还可以回到老家，守住几亩薄田，过上普通日子的。他的目光又缓缓往上飘移，山上到处都是杂乱的坟冢堆。山间的清风吹动草木的声音，出山泉水汇入池塘的声音，山鸟互答的声音，让他的心底忽然涌起了一股悲凉。保姆把药端了过来，催他趁热喝下，姚老板刚刚分了神，随手拿来就往嘴里送，结果嘴唇被碗口狠狠地烫了一下。恼怒之下，他连碗带药都一股脑儿摔在地上，保姆吓得缩了缩肩膀，赶紧回去拿拖把。姚老板不骂人，只是骂天气。但天气是好的，他也就没什么可骂的了。

八

李屠听从姚老板的吩咐，果然去了一趟寺庙。看到聪辩法师时，李屠的脸上怒气未消。聪辩法师没有问，他已经抢先把之前发生的事说给他听了。说话的时候声音里还带着粗气，好像非如此就不足以把内心的怒气宣泄出来。最后，他从嘴里蹦出几个硬生生的字：我咽不下这口气。聪辩法师说，你连一头活牛都可以吞得下去，为什么连一口气都咽不下去？李屠说，我杀牛，但从来不吃牛肉，我也从来不吃别的牲畜的肉。聪辩法师"噢"了一声说，难怪你脸上有奇相。李屠问，我脸上有什么奇相？聪辩法师说，你脸上有古树相，你天生就是一块种树的料，看来姚老板是请对人了。

他们拐过一座小园时，一只放生狗见到李屠，像躲讨债鬼一样撒腿就跑。李屠哈哈笑道，你看见了吗？连狗也怕我，你晓得这是为什么？聪辩法师说，是你身上的杀气太重了。李屠点点头说，连狗都怕我，何况是人呢？聪辩法师指着那座放生池说，你现在就绕着池塘走一圈吧。李屠不解，就问为什么。聪辩法师说，有些事你可以做，但不必问为什么，你去吧，我在这里等你。李屠嘀咕了一句，就绕着池塘慢慢地走着。走到聪辩法师身边时,他就停下来,挨着法师在池边静静地坐着。水面很平静,就像法师的目光。聪辩法师问,你身上的火气消了吗?李屠愣了一下,才发觉自己早已没了火气。他认真地点了点头说,我明白法师的用意了。聪辩法师伸出手,在水面击了三掌。几尾鱼游了过来,张口吐沫。法师又把手沉浸在水中,一尾鱼缓缓靠近他,一点也不惊怕。法师把手放在鱼背上,鱼却一动不动。李屠看了,深深地吸了一口气。

法师说,连鱼都不怕我,何况是人呢?

九

怪事再次发生了。李屠移栽过来的梅树没过几天就蔫掉了,成了病梅。这事传到了姚老板的耳中,姚老板说,梅是灵异之木,挪了地方,也许就容易犯土气了。但外间有人说,李屠身上杀气太重,伤及草木也难说。姚老板也相信了外间的说法,可心里还是没底。不好说的事,只能请教聪辩法师了。姚老板对聪辩法师说,我那天跟李屠走在一起,一条牛见了他,忽然转身就跑。李屠告诉我,这一带的牲畜见他都要怕三分。我问他这是什么缘故,李屠说他身上杀气重,杀气重的人连鬼都怕的。当时我听了,就应该马上想到,有杀气的人是不可以种梅的。聪辩法师说,这事我也曾遇见过,李屠长着恶相,人倒未必是恶的。现在你让他种梅,死的是树木,但你如果不让他种梅,他也只有继续杀生了。姚老板说,我没有想到这一节,还是大师想得周全。聪辩法师说,李屠自家种的梅都丝毫无恙,偏偏移栽到姚宅村就出毛病了,可见这问题不在李屠身上。姚老板问,你以为?聪辩法师说,我以为还是你的族人在作怪。有些事,你出面办要碍面子,还是我来帮你去办。

聪辩法师找到了姚宅村的老人们。他们都等了整整三天时间,等来的却是一个和尚,心底里的怒火腾的一下就上来了。聪辩法师用平静的语气对他们说,我们这福德林还有一块福地,是可以让你们来耕种的。

姚宅的老人们问,地在哪里,不是都变成别墅和花园了吗?

那里,聪辩法师指着那一大块草坪说,我们允许你们把草坪铲了,做你们的菜园。

姚宅的老人们说,这块菜园太小了,我们不够种。

聪辩法师说,那么,你们就把这些别墅拆掉了重新做菜园。这话外柔内刚,分量已经摆在那儿了。谁也不敢把它当作一句笑话。

老族长立马露出了笑容说,够了够了,地不在大,有土可种就好了。

姚宅的老人们说了,聪辩法师手头有"活"。他用手摸鱼背,鱼不会潜入水中;他用手抓鸟,鸟不会惊飞。有些人传得更神奇,说是有一天夜晚,大师静坐池畔,忽见水中的莲花上现出佛影,他跟佛影谈了一夜,脑袋上空就升起了一缕红光。因此,谁也不敢得罪法师。

开种那天,聪辩法师也独自一人扛着锄头过来了。老人们也不怎么理会他,动土之前照例做起了祷告,祷告毕就是一段祈祷文。然后就卷起裤脚,捋起袖子,挥锄把草地扒掉了,底下就是一层黑土,松松软软的,最宜种菜。劳作间歇,聪辩法师就跟老人们坐在田头闲聊开来,他谈起了亚当受罚后如何在一个布满荆棘和蒺藜的园子里开垦种菜的事,谈起了该隐如何在地里杀死自己亲兄弟亚伯的事，也谈起了耶稣基督关于种子的比喻。这些都是《圣经》里的故事，老人们听了都很吃惊。他们不敢相信，一个和尚居然也会读《圣经》。可是，没有人问他这些。他们只是觉得法师身上有一种高深莫测的东西。

姚宅的老人们把蔬菜的种子播到土里之后，又坐着大巴车走了。临走时他们和和气气地对姚老板说，他们隔一阵子还会回来的。姚老板看着那一垄垄菜地，心里想，也好，以后碧油油的蔬菜长出来，这里就更富田园风味了。

姚老板绕着菜园子走了一圈，就背着手回去了。山坡上有几蓬野火在烧，草木灰的气味到处弥漫，有几个出坡劳动的寺僧在烟雾间懒洋洋地走动着。几只归林的飞鸟大约是被烟雾呛得难受，都改变了飞行的方向，向远处的松林投去。夕阳透过西山斜射过来，给福德林的黑瓦白墙披上了一层苍茫的古意。这一刻，山很安静，人和树的影子也很安静，如同画在纸上一般。姚老板坐在阳台上，神闲气定。烟气散去后，草药的气息又从楼下的厨房里飘升上来。这药是贴心儿女，每次回到家中，就会围绕过来。这么多年来，他觉得自己好像不是靠吃饭成活，而是这种看不见、摸不着的气息。他在荫凉中坐着，一颗心缓缓沉潜下来，回到了一种虚静的状态。在这种状态里，人又陡然生出了出尘之念。

山村的炊烟断了。"姚宅村"这个名字也随烟消逝了。渐渐地，外面的人也就知道"福德林"这块地方了。自打福德林别墅区和商业街形成之后，这一带就名副其实地变成了旅游胜地。这边是市声，那边是诵经声，好不热闹。梅林禅寺当然也跟着做大了，远道过来进香的人也越发多了，有求名利的、卜凶吉的、看风景的。原来的"一宿禅"变成了"三日禅",收费也是原来的三倍,但很多城里人都愿意花点钱到这里来过几天清静日子。"三日禅"包含的活动内容比先前更丰富了:第一天清早起床,要做早课静修;中午到大雄宝殿敬香、礼佛、请法宝经书;下午三时到放生池边,由寺僧带领诵放生仪轨;晚上七时做晚课,课后禅茶,听禅师说法;第二天的安排是早上参观钟鼓楼,其余时间是体验寺院生活,譬如种菜、挑水、劈柴、做素菜;第三天便是到藏经阁听聪辩法师的讲座,学打坐,听梵呗。

姚老板感觉自己就是一个造物者。这里的一切都被他重新摆弄过了,没有摆弄过的与摆弄过的,就是不一样。一切都摆在一个"范"里,有待于生成:房屋、马路、河流和草木都是规范的;上下班的时间和晨钟暮鼓的声音也都是规范的。居住在这里的人们都是信佛的,他们互敬互爱,保存了完好的旧道德。这样的生活,简单而美好,犹如日升月落,遵循自然的引导。看着这一片在日光下熠熠生辉的土地,他是满意的。

十

一个下霜的清早,聪辩法师把芭蕉叶上的露水收集过来,注入罗盘,然后便约上姚碧轩居士去登山。秋天已过,山高而凉。木叶纷纷飘落,山容更显清瘦、淡远,远处一条山路细若炊烟,向云端飘去。山顶上居然有一片未被搅浑的野水,清澈得让人骨冷。一片云或几只鸟掠过山顶,也没有在水面留影的意思。姚老板伸出手来说,我们已经爬得够高了,你看,连鸟都可以用手碰得到了。这一路上他们消消停停已经走了两个时辰,都有些累了,就拣了一块光滑的石头坐下。姚老板一边用拳头敲打着膝盖，一边喘着气。四周静极了，树上的黄叶被风吹响，发出一种金属的声音。姚老板忽然想起什么，说，去年登山，我们分韵作诗，我把黄叶当铜钱看，你却把黄叶当经卷看。树叶相同，看法不同，这便是人的境界有别了。

聪辩法师说，今天约你登山，当然不是为了写诗作赋，而是让你看看这一带的龙脉。

姚老板立马明白话里头的意思，说，是啊，姚宅村那边的墓群是要迁移了。

聪辩法师指着远处说，看阴宅要看山的气脉。你看这座山，龙脉上分布着吉利穴位和凶险穴位。这些穴位都潜藏着能量。点的穴位好不好关系到子孙后代吸取的是吉利能量，还是凶险能量。你该晓得能量是什么吧？佛家常说，色即空，空即色。换句话说，穴位即能量，能量即穴位。吉利穴位能转化为吉利能量。反之亦是如此。

聪辩法师一手搭凉棚，一手指着西边一座山说，那里，是龙气旺盛之处，依脉线下来可以建一座墓园。他又指两旁的山峰说，左边是青龙，右边是白虎，生气就凝聚在那个穴里面。从那个点挖下去，一定可以挖到龙脉石。

姚老板说，以后我若是死了，你就把我埋在那儿吧。

不，我会给你找一块有五色土的太极穴。聪辩法师说这话时忽然注意到姚老板的神情，眼见着他的身体跟秋水一般，日渐消瘦，也有些替他担心了，就问，你的病怎样了？

吃了三年的药，姑且保住了半条命，说起这病，姚老板心中陡然生出了许多感喟：我年轻时得了老年人的病，待病治好了，我已经年过半百；现在我已步入老年，不料又得了年轻人的病。

这药还管用吗？

只要这病潜伏着不发，还能管用吧。吃药啊吃药啊，每天都有吃不完的药啊。我这一身骨头里恐怕都是药渣子了。以后我若死了，这一身骨头好歹也值钱，可以做药。

谈到了生老病死，姚老板便感觉到了一种深秋的况味。他捶了捶膝盖，站了起来，说，这里有点冷，我们下山去吧。

下山之后，姚老板又忙开了。他很快就以搞生态公墓建设的名义，向县里打申请报告。村委会、乡政府、县民政局、林业局、规划局、土地局，一溜印盖过去。最后等省民政厅的印盖下之后，姚老板就开始动工了。公墓还没开造，姚老板就开始考虑收费问题了，连刻印费、印相费这些细项都在考虑之内了。然而，这些问题都是小问题，最大的问题是如何让姚宅村人的祖坟迁移到墓园。

聪辩法师说，姚宅的人好办，我可以应付，你只管把墓园建好，剩下的事自然会水到渠成。

姚老板说，我虽然出身姚宅，却不如你这样了解他们。

聪辩法师说，因为你跟他们的信仰不同。

姚老板反问，我不是跟你同一个信仰？为什么他们对你不会有成见？

聪辩法师释然一笑，讲起了自己的一段身世。聪辩法师原本出身一个基督教家庭，俗名叫马丙丁，少年丧父，母亲迫于生计，做起了"路头妻"的营生，替一个镇上的小掌柜生下了一个孩子。她连月子都没有坐完，就被小掌柜家里的轰出了家门。过了一年，母亲想去看望一下自己的亲生骨肉，小掌柜家里的却让人把她撵走了。母亲还不死心，又偷偷翻过墙去，小掌柜家里的索性把她当作贼，用剪刀把她的双眼刺瞎了。马丙丁一怒之下，就拿着柴刀来到小掌柜的家里，一刀就结果了小掌柜家里的。那一年，他只有十一岁。他知道自己闯了大祸，怕连累无辜，就跟母亲不辞而别。他跑到深山一座古庙，做起了小沙弥。十五年后，他听说家乡遭遇了一次风灾，就回去看望老母。回到家中，母亲还健在，平素就靠传道维持生活。母亲看不见儿子的面容，也辨别不出他成人后的声音。他一则怕自己暴露身份会引起镇上那个小掌柜的追究，二则怕自己做了和尚会伤老母的心，因此，他一直不敢贸然声称自己就是当年那个马丙丁。母亲问他是谁时，他就编了一个谎言，说她的儿子不久前被人一刀杀死了，而他就是埋葬她儿子的人。母亲听了，没有流泪，只是说了一句《圣经》上的话：拿刀的，必死于刀下。他不敢相信，母亲听到儿子的死讯脸上竟然会没有悲戚之色，一气之下就拂袖出了门。可他没走几步，又偷偷踅回，透过一扇虚掩的门，他看见母亲正跪在地上，双手捧着他小时候穿过的旧衣裳，无声地抽泣着。就在那一刻，他才知道，母亲的内心承受了多大的痛苦。他一声不响地走上前去，跪了下来，给母亲捶着背。而母亲从此再也没有提起"马丙丁"这个名字，倒是常常给他讲一些《圣经》里的故事，还背诵了几段所罗门王的箴言。

聪辩法师说，从此以后我每年都要回一趟家看望老母，也看一些母亲念过的那些经文。我给你的族人讲的不是佛法，而是一些基督教的教义，因此，他们很快就认同我了。

全县实行殡葬改革的消息传到姚宅村人耳中时，姚宅村的老人们都变得诚惶诚恐了。县城里的科学家在电视上说，这年头人口越来越多，地球的压力也越来越大，人死了，还不足以让地球减轻，因为尸体本身还是有重量的，所以，死后火葬，化为骨灰，不失为一个好法子。科学家的话当然是确凿的、可信的，姚宅村的老人不能不接受，但他们担忧的，倒不是火葬问题，而是政府明令禁止私造坟地这件事。姚宅村那一带的山上已遍布坟冢，死者看样子也没有给生者让位的意思。活人是迟早要死的，死了，拣了个祖坟边上的地隙草草埋葬，终究不够体面。生死事大，这事绝不能拖到最后一枚棺材钉落下的那一刻。他们听说姚老板造了一座园林式的墓园，都很好奇，就带着家人专门坐车过来参观了。他们问姚老板，族人买这里的墓穴是否可以打折。姚老板说，凡是姚宅村的人买这里的坟墓一律只收成本费。但有一个条件，那就是，一人购买这里的墓穴，就要把祖坟也迁过来，凡是祖坟一律免费。这话一出，姚宅的老人们都应声同意。

祖坟迁移那天，姚宅人都纷纷从县城里赶过来。迁葬仪式由姚老板主持。梅林禅寺的寺僧和姚宅人分列两边，一副井水不犯河水的样子。姚宅人大都是基督徒，挖坟前照例要先做祷告，大意是为生者惊扰死者的行为表示歉意，也求主赐予平安；而那些寺僧要清捡历代僧人的遗骸，也念起了《地藏经》。挖掘坟墓是一件触目惊心的事。这里的死人要比活人多得多。死人不出声，可是不出声的东西终究有些骇人。有些人打开祖坟的时候，发现里面的骸骨早已被蝼蚁啃啮，骨头的一部分融入木炭，难以分离；也有的尸体被"黄泉水"浸泡过，早已朽烂，用手指稍稍动一下就自行碎裂；有的棺木和骸骨都已烂成泥团，上面盘踞着的是一窝小蛇或老鼠。姚宅村的先人世代清贫，生者想从坟墓里面掘出一点像样的葬品都很难。他们提着篮子或塑料桶,把骨殖一一捡来。但有的坟墓里面是一些无主骨骸,没人认领,就由姚老板的人统一收拾,整理编号。像枯童塔,里面葬的都是夭折的儿童,他们没有姓名,也不分男女,工作人员就用耙子把一大堆细小的残骨耙出来,装入大麻袋。坟墓掘到深处,竟然发现底下还有一层沉埋的墓塔,年代上显然更久远一些,从碑文来看,这里就是历代僧人的葬地了,跟那幅梅林禅寺全景图注明的果然是一丝不差。有些葬瓮里除了焚烧过的骨头碎片,还有石佛、玉佛、佛珠等稀罕物件。这时候,寺僧们都开始进场进行清理。

聪辩法师走到姚老板身边,神情凝重地说,我有一个请求,在新墓园那边给先母也留一个墓穴。姚老板问,你母亲过世了吗?聪辩法师双手合十说,是的,老人家在半个月前回到了上帝的怀抱。她临死前握着我的手说,她其实早已知道我就是当年那个杀人出逃的马丙丁,母亲之所以没有说破,也是怕小掌柜的族人找我麻烦;母亲还知道我出家当了和尚,因为她摸到了我头顶的香疤。姚老板说,你就把母亲的骨灰也带过来放在墓园中吧,这样也好跟你住得近一些。聪辩法师说,我要让母亲跟那些姚宅村的基督徒葬在一起,我想这样更符合她生前所愿。姚老板点了点头。聪辩法师转身就去做佛事了。

姚老板看见先人埋骨的地方一片狼藉,不觉悲从中来。一阵松风吹过,他忽然感到身体有些发飘,绳子一样卡在肉里的疲倦变成了一种隐痛,挥之难去。他拣了个僻静处坐了下来。村支书走过来,问他是否身体不适。姚老板说,可能是这些日累坏了吧。直到现在,我才明白,我们村上那些老人为什么到了城里还放不下手中的锄头。我也是这样啊,一天到晚,手头有活,心里就踏实，却不知道，自己的身体快要累垮了。一世百年之劳，一年百日之劳，都不晓得是为谁而忙了。村支书说，你以为他们回来要地，仅仅是因为手脚闲得慌？不是的，他们种的是山下的地，瞄上的是山上的地。他们活到这个年龄都已经为身后事做打算了，他们虽然在城里生活，死后还是想归葬这里的。姚老板抬手一挥说，我给他们造了那么体面的一座墓园，他们也该满意了。村支书笑了起来，说，以后城里的活人可以到梅林禅寺体验"三日禅"的丛林生活，死人可以到这里来找一块合适的风水宝地了。活人和死人的事，你都安排好了，现在你也可以歇息一阵子了。是啊，姚老板想，这事忙过头了，就再也没有可忙的事了。身比鹤闲，可以放到山林中去了。以后种种梅，弹弹琴，似乎是一件可以预期的事了。

十一

下雪了，天地一片纯白，没有杂质。因为静，也没有杂音。木石居主人姚碧轩忽然来了兴致，要去福德林赏梅。他还邀上了梅林禅寺四头陀、聪辩法师、梅林吟社的杨沐雪居士、画家李摩诘、琴师王晗之、"北山野老"姚宗晦、秘书小周等。新梅成林后，这还是第一回踏雪访梅。园中有白梅和红梅，红梅开得很艳，白梅显得素净，姚老板说自己看花看出了佛念，于是就让小周在"禁止攀折花木"的地方折了白梅、红梅各一枝，打算带回去插在瓶中做佛前供奉。寒风吹得皮皱骨痛，但大家兴致不减。拍照的拍照、写生的写生、吟诗的吟诗、说笑的说笑。赏完梅花，姚老板便在梅林阁中备下了一桌酒席宴请大家。天色将晚，有人打开窗户，雪光和暗香顿时透了进来，人在房间里便有一种飘浮的感觉了。黄酒刚刚煮热，李屠冒雪送来了几株盆栽蜡梅。姚老板让他把蜡梅摆放在长条桌上，供大家欣赏。李屠谈起自己给梅花整形修剪的手艺活时，显得眉飞色舞。杨沐雪居士一听说这么美的梅花是用铁丝缠、斧头劈、猛火烧、棕丝扎才整出来的，就大摇其头说罪过罪过。琴师王晗之却不以为然，他说，古琴很高雅是吧，可我们琴师斫琴也用得上刀斧之类，新木做琴材也用得上火烤，这世间的美有时候就是用暴力手段获得的。见他们争论得激烈，姚老板就走过来，说是要让大家欣赏别样的梅花。至于怎么个别样，姚老板说，还是先吃几杯酒再说。酒酣耳热之际，小周端来了一对红烛，放在长条桌上，继而拿起那枝红梅，用一张薄纸隔着，置于灯前，梅花淡薄的影姿便宛然呈现了。这样的梅花，只有让小周的手执着才是最相宜的。小周握花枝的手，让梅花更美，而梅花也把小周的手衬得更美。大家都拍掌说，灯下赏梅，果然又是另一番情趣。姚老板说，梅花贵瘦、贵稀、贵老不贵嫩，正如我们这把年纪的老头子，小周，你说是不是？小周的脸上立时绽出了识得大体的微笑。李屠带着几分酒气，走到小周跟前，说了一句很唐突的话，这句话让人感觉出李屠这人的目光有点流气，仿佛可以变成一双粗皮糙肉的手伸过去，做出一些出格的动作来。李屠居然会说，小周的手真白。在座的人听了都想笑，但不敢笑出声来。李屠看到姚老板霜着脸，也立马明白自己酒后失态，连忙说，我主动罚酒一杯。聪辩法师笑道，师父指月，徒弟看的不是月亮，而是手指，这就该打了。李屠说，看样子我是真的醉了。姚老板似乎也不见怪，举着酒杯照了一圈说，莫说酒能醉人，梅花也能醉人，我们不妨与梅花共醉一场吧。兴头来了，酒量也就上来了。裴头陀抓着李屠的胳膊说，我都喝完了，你还留半杯酒做什么，难道养金鱼不成？姚老板见裴头陀酒兴来了，就让人端上一瓶洋酒。裴头陀拿来照喝不误。裴头陀喝到七八分，节目就有了。可洋酒的后劲大，眼下还没有显示出来。倒是杨沐雪居士先来诗兴，以赏梅为题即席赋诗一首。"北山野老"姚宗晦拈了拈胡子，就随口和了一首。大家都拍掌叫绝。李屠说，我是个粗人，身上没有一根雅骨，却也喜欢附庸风雅写几句歪诗。聪辩法师说，先前你与牛相处久了，身上便有牛气，现在你与梅花相处久了，难保没有沾一丝梅花的灵气。李屠经这么一说，就壮了胆，向大家抱拳说一声"抱歉"之后就朗声念了一首咏梅诗。大家听了，都没作声。李屠问身边的聪辩法师，此诗写得怎样，聪辩法师双手合十，也不做回答。李屠做了诗之后，就没有人再兴作诗的念头了。姚老板转头看裴头陀，见他脸色酡然，就说，听说你酒后可以背整部佛经，不如趁酒兴正好，给大家来几段。裴头陀活络了一下舌头，就开始背佛经了。背到第二章时，忽然就卡词了。裴头陀拍了拍头，还是拍不出一个词来。于是就问姚老板，方才给我喝的是什么酒？姚老板如实相告，是一种名叫路易十四的洋酒。裴头陀咂咂舌头说，难怪，我的舌头有些不够利索。裴头陀又拿矿泉水把舌头清洗了一遍。再背，再卡词。众人都有些尴尬，不好说破，只好转移话题，继续做梅花诗。他们一边吃菜，一边咬文嚼字，很是得趣。唯独裴头陀和李屠有些闷闷不乐。不觉间已到深夜，大家都起身要走了。

之后发生的一件事似乎颇可一说：雅集结束，李屠还对自己的诗没有被人肯定而耿耿于怀。心底里有闲气，无法排遣，他便抓住"北山野老"姚宗晦的手问，你觉着我那首诗写得如何？姚宗晦说，你要我说实话？李屠说，你就如实说。姚宗晦拍着他的肩膀说，你的诗可用一个字概括：脏。李屠不作声，目光里却藏着两个字：去死。李屠回到寝室，又喝了点闷酒。一肚子火上来后，他忽然抄起一把闲置不用的物什，直奔姚宗晦的房间。姚宗晦刚刚睡下，就听到了敲门声。问，谁啊？答，老李。又问，什么事？答，我要你去死。姚宗晦一听口气不对，就说，有事明天再说。李屠说，杀人不隔夜。说着一脚就朝门踹过来。姚宗晦卷起被子赶紧从二楼跳了下来。李屠踹进门后，见房中无人，又挥着物什从楼梯追下来。姚宗晦在雪地上一边奔跑，一边哭喊着，要杀人啦，李屠要杀人啦。身后留下一串串歪斜的脚印，被月光照着。李屠喝了酒，脚下没了高低深浅，只顾跌跌撞撞地朝前跑着，不小心被什么东西碰了一下，跌倒在地，伸手一摸，好像是一个趴着的人。再翻过身一看，原来是裴头陀。裴头陀的嘴里发出嗫嚅的声音，好像是在背诵佛经。李屠扶住他说，你在这里会冻死的。裴头陀四肢瘫软，只是说了一句：给我酒，我要喝酒。李屠打了个激灵，猛地站了起来，手中的物什一挥，就砍落一枝梅花。那股气势，让他喉咙一热，随即涌出一声长啸，随风飘没。他在雪地里蹲下，扛起了裴头陀，向梅林禅寺那边趔趄走去。

李屠原本是要杀人，不料却救了人。聪辩法师说，这些事都是佛祖安排好了的。

十二

旧历年底，闲人也忙。寺僧原本清闲，却也要为佛事忙。除了置办年货，还要安排善男信女烧头香、敲钟迎新。聪辩法师做完了洗钵、掸尘等杂事之后，又开始焚香读经了。他听到走廊那端响起的脚步声，就知道是姚老板来了。他拿起一块布把一把椅子擦拭一遍，抬头看时，姚老板已到门前。

啊，姚老板来了，请坐请坐。

我来到这里就不是姚老板了。

你好像有什么心事。

是的，我现在感觉自己很迷惑。

那么，你不妨说出来，或许佛法能帮你解惑。

姚碧轩劈头就问，什么是佛？聪辩法师反问，谁是你？姚碧轩说，我是我。聪辩法师说，你既然知道自己是谁，又何必问什么是佛？佛与你有什么相干？姚碧轩说，大师跟我说过，人人皆可以成佛。我为子孙植福田，将来是否可以成佛？聪辩法师说，是的，人人皆可以成佛，但我们的禅师常常说，人成即佛成。你我修的就是人间佛法，做人达到一个境界，与佛的境界无别。姚居士，我笑你太执。是否成佛，其实不是很重要。对我来说，即便不成佛，每天也要把功课静静地做完。我是这么想的。

姚碧轩说，法师的话，是热闹场中的清凉话，早些年我就已经听你说过了。可是，人在江湖，身不由己啊。早年生意场上得意，只想买匹宝马，在京城跑上一圈。现在年老了，只愿待在一个小地方，到任何一处，都是脚力可以胜任的。

聪辩法师说，这一点你是做到了。

姚碧轩说，我回到姚宅村，原本是要过一种世外桃源般的生活，在家可以品品茶、种种花、读读书，出门有渔船、蓑笠、一壶好酒、几只鸥鹭。这样的生活衣食有余，知足不辱啊，可是我一次又一次看到了发财的机会，一次又一次心生贪欲，结果呢？

把这里又变成了一片喧哗世界。佛云：刀刃有蜜，不足一餐之美，小儿舔之，则有割舌之患。小儿尚且知道不舔，我却偏偏舔了。这就是我的罪过了。有时觉得，在这里，我什么都有了，却偏偏丢失了自己。有时又觉得，我什么也没有了，只有我自己。我的族人和先人都从这里搬走了，我以为我可以创造一个为佛陀所悦的净土了。可是，我现在发现，我心目中神往的那个世外桃源离我是越来越远了。

聪辩法师说，每个人心中都藏着一个世外桃源，你又何必让它变成现实呢？更何况，心地光明，处处都是桃源。

姚碧轩问，我死后是否会往生净土？

聪辩法师说，有福之人自然会得福地而居之，很多年前我就说过，你就是有福之人。

过了半晌，姚碧轩又问，你们寺庙里有个名叫石头陀的老和尚吧？

石头陀是个聋子，绰号叫"木耳师父"，他大约也是个哑巴吧，总之他从来没有跟我们说过话。

可他那天却开了口，他走到我面前，对我说，施主脸上有病相，可以准备后事了。

你的病难道恶化了？那个石头陀原来是个深藏不露的高人，不能不让人另眼看待了。

我对石头陀说，我吃了两年多的药，现在已是无药可治了。你晓得他说了什么？他说既然是药不治病，那就让病来治药。我捉摸不透这话的意思，料想他是以禅理参证药理，于是就向他请教。石头陀说，施主但知四处求药，却不知妙药就在自己身上。我说，我这身上哪有什么妙药？石头陀说，你若是真正有一颗向佛之心，那么这颗向佛之心就是妙药了。我问他什么是向佛之心？他说，你弄懂了什么是佛，就晓得如何向佛了。我问他什么是佛？他却用扫帚在地上写了一个字。这个字就是你说的"人"字。

没想到一个扫地的和尚也能说出这么高深的道理来，我倒是要向他请教了。

零点时分，钟楼传来了迎新的钟声。聪辩法师双手合十给姚碧轩送上了一句吉语。姚碧轩苦笑着说，在你们听来这是新年的希望之钟，在我听来却是丧钟。姚碧轩看着远方，目光里是两点枯淡的寒光。除夕夜，仿佛就是时间的终点了。

沉默了许久，姚碧轩起身说，我要走了。

聪辩法师毕恭毕敬地站起来，做了一个挽留的动作说，再坐片刻吧，怎么急着要走？

姚碧轩说，是的，我要走了，走了。从前我以为，我会是这里的主人，现在才发现我只不过是这里的客人，迟早也要走的。

聪辩法师双手合十说，你我生来都是过客，今晚既是我送你，也是你送我。

姚居士走了，只留下他一人，坐在那里，闷闷的。灯昏，茶冷，无意续水，也无意读经。回复了几个贺年短信，倒头便睡。

十三

新春过后，福德林的梅花落了，落在泥土里，满园子都是一种冬日过后的辉煌的衰败，这衰败之中，现在又添了一层早春的生机。木石居主人、房地产商姚碧轩从梅园归来，忽然感到身体越发轻飘，仿佛一团即将飘散的雾。他把药柜里的草药搬出来，走进浴室，一股脑儿撒进了浴缸，然后打开龙头，放进了大量热水。在烟雾弥漫间，他脱掉了衣裳，缓缓坐进了浴缸，整个身体软软的，被一股温暖的气息浸泡着，显出几分陶醉的样子。所有已经完成和有待完成的事物，如同流水，把他环绕起来。渐渐地，他就有了一种功德圆满的感觉……小周敲门进来时，发现姚老板正仰躺在浴缸里，一只手垂挂在外面，热水汩汩往外淌……

　　正在编纂村志的"北山野老"姚宗晦听到了姚老板的死讯，就在他的小传后面补充了这么一段文字：先生自知大限将至，沐浴香汤，跏趺而终。时年六十一。岁在甲申正月晦。

　　聪辩法师说，姚居士是个有福之人，他离开了福德林，却找到了自己的世外桃源。姚老板真的是个有福之人啊。

《人民文学》2009年第1期